怨霊

三人佐平次捕物帳

小杉健治

時代小説文庫

角川春樹事務所

目次

第一章　情死

一

仲の町の桜は思ったより早く散ってしまった。自分も花といっしょに散るはずだったのに。

綾菊《あやぎく》は白綸子《りんず》の死装束で短刀をつかんだ。死出の旅立ちと誓い合った刻限まであとわずか。いとおしい与之助《よのすけ》と結ばれるために、あの世に向かうのだと思えば死への恐怖は忘れてしまう。

今ごろ、与之助も自分の部屋で死出の旅立ちの支度をしているはずだ。遠く離れていても、ふたりの心は固く結ばれている。

迷惑をかける楼主への詫《わ》びと、世話になった禿《かむろ》や新造《しんぞう》へのお礼などをしたためた文《ふみ》を脇に置いた。

綾菊は呼出しであり、花魁《おいらん》の中でも一番上の位の遊女だった。

清い体で旅立ちたいと、身揚がり、すなわち自分で自分を買って、きょうは客をとらずに自分の部屋で過ごしていた。

二の腕に与之さま命の入れ黒子《ぼくろ》。与之助の熱い思いに引きずられ、いつしか綾菊も情にほだされ、気がついたときには与之助なしではいられない身となっていた。

与之助は浅草田原町《たわらまち》で大きな商売をしている紙問屋『川田屋』の跡取りだった。身請けし、妻に迎えたいという与之助の気持ちに偽りはなかった。だが、与之助には親の決めた許嫁《いいなずけ》がいたのだ。妻になるなど、夢のまた夢だった。

与之助は二十二歳の色白の女子《おなご》のような顔立ちだった。眉《まゆ》は秀で、鼻筋も通り、優れた器量だったから、茶屋からここまでの道中で、まさに似合いのふたりと評判が立つほどだった。

与之助は綾菊のところに足繁《あししげ》く通い、やがて金に困るようになった。それで、いつしか店の金に手を出すようになっていたらしい。

それで、父親に見つかったのだ。金がなくては、もうおまえに逢《あ》いに来ることも出来なくなった。どうしたらいいのだと、泣きじゃくる与之助にいとおしさを覚えた。

綾菊にも身請け話が出ていた。茶道具を扱っている『飯倉屋』の主人で、金右衛門《きんえもん》という男だ。

金右衛門は四十を少し過ぎた脂ぎった顔の男だ。半年前に馴染《なじ》みになり、与之助に負けぬくらいの熱心さで通って来た。

大柄な男で、商人らしい穏やかな喋《しゃべ》り方だが、ときたま不気味になるほどの怖い目つきをすることがある。

得意先は豪商が多く、かなりな大尽であった。この半年で、飯倉屋が吉原に落とした金は一千両は下らないだろう。とにかく金を落としてくれるので楼主もすっかり気に入っており、飯倉屋金右衛門がやってくればわざわざ挨拶《あいさつ》に出て行くほどだった。

その飯倉屋が綾菊の身請け話を楼主に持ちかけたのだ。聞くところによると、身請けの額が一千両。昔の太夫《たゆう》のいた時代ならいざしらず、今の世に一千両もの金を出して遊女を身請けしようという者がいることに驚かされたが、飯倉屋はほんきだった。

楼主もこの話に乗り気であり、綾菊自身も追い詰められていた。身請けされたら、もう与之助に会えないのだ。

足抜けして共に手をたずさえてどこかに逃げようと口にしたが、与之助にはその勇気はなく、またたとえ無事逃げ果《おお》せても暮らしの算段がつかないことは目に見えていた。

いっそ、ふたりであの世へ、と綾菊が言うと、与之助は思い詰めた目で、おまえとなら死ぬのも怖くないと青ざめた顔で言うのだった。

吉原と田原町の与之助の家の間に浅草田圃と浅草寺の広大な境内がはさまっている。だが、その距離は問題ではなかった。今、この時間、与之助も同じように死出の旅立ちの支度をし、約束の刻限を待っていることだろう。

賑《にぎ》やかだった廓内《かくない》も、今は静かだった。綾菊は深呼吸をして短刀をつかんだ。

やがて、若い者が打つ大引け（午前二時）の拍子木の音が廊下に響いた。

その頃、『川田屋』の仏間で、八つ（午前二時）の鐘の音を聞いて、与之助は畳に突っ伏して嗚咽を漏らした。仏壇の灯明が風もないのに揺れた。父の与右衛門は仏壇の前で太い吐息をもらした。

（綾菊、すまない）

与之助は心で詫びた。

最後に綾菊に会ったのは五日前。そのときは、あの世で綾菊と永遠に添えるのだと思い、死への旅立ちの日が待ち遠しいほどだった。

だが、いざ当日になり、刻々と約束の時間が迫ってくると、与之助はすっかり度を失ってしまった。そんな態度を訝《いぶか》った父親の与右衛門に問い詰められ、与之助は泣きながら告白してしまったのだ。

止められなかったら、果たしてそのまま自殺を決行していたかどうか。与之助には自信がない。

「与之助。ほんとうに綾菊が死ぬと思うか」

与右衛門は仏壇から与之助に目を移してきいた。

「綾菊の真実《まこと》を知っています。私を信じてきっと……」

短刀を喉《のど》に突き刺したはずだという声は続けられなかった。

与之助が綾菊を知ったのは一年前。たまたま遊女屋から引手茶屋に向かう綾菊を見かけたのだ。この世のものとも思われぬほどの華やかで淫靡《いんび》な艶姿《あですがた》にたちまち魅了されたのだ。

それ以来、夢にまで綾菊の顔を見るようになり、思い切って綾菊に会いに行った。

綾菊のような大見世の花魁と遊ぶには茶屋を通さなければならず、与之助は仲の町の大門口にある引手茶屋に上がり、綾菊を名指しした。

新造に付き添われてやって来た綾菊を目の前にし、はじめて見たとき以上の感動を覚えた。顔が小さく、切れ長の目に富士額。鼻筋が通り、小さな唇。

茶屋での酒宴を済ませ、綾菊に連れられ仲の町の通りを江戸町一丁目の『大浦屋』に向かう間、与之助は夢の中にいるような心持ちだった。

初会の座敷は綾菊の他に、新造や禿、それに黒紋付の太鼓持ちまで加わっての酒宴になり、与之助は何がなんだかわからないままに『大浦屋』をあとにした。

それから、二日後にもう一度綾菊に逢いに行った。つまり、裏を返し、その翌日には三度目の登楼をして馴染みになった。三度目の馴染みになって、はじめて床入りが許されるのだ。

与之助は綾菊の部屋に通された。衣桁《いこう》に打ち掛けがかかっている。座敷持ちの呼出し花魁だから、綾菊は二部屋以上を持っていた。

「どうして、あちきを名指ししてくれなんしたかえ」

綾菊の里言葉が耳元に甘く響いた。

「おまえさまをはじめて仲の町の通りで見かけて……」

町娘に熱い視線を送られる与之助だが、綾菊の前ではすっかり硬くなっていた。

「うれしゅうありんす」

綾菊は笑うと両頬《ほお》に可愛《かわい》い笑窪《えくぼ》が出来た。

それから三日に上げずに通いつめた。

「逢いに来てくれてうれしゅうありんす」

綾菊は情の深い女だった。身も心もとろけるようなひと時が過ぎるたびに後朝《きぬぎぬ》の別れの辛《つら》さが針で刺されたように胸を襲ってくる。

ひと月ほど前の、ある夜のことだった。

「なんだか、今宵《こよい》はお顔の色が悪うおす。何かおありなんしたかえ」

会った早々、綾菊が心配そうにきいた。

「なんでもない。おまえこそ、顔色がよくないようだけど」

与之助が顔を覗《のぞ》き込むと、

「ぬしはお嫁御をお貰《もら》いなんすのかえ」

と、綾菊が逆にきき返した。

「そんなこと、誰からきいた」

「ああ」

綾菊は袖《そで》で顔を覆い、

「やっぱし、そうでありんしたか」

と、涙声になった。

「それを聞いてから、あちきは食事も喉を……」

「違う。そういう話が出ているが、私は嫁なんか貰わない。おまえといっしょになる」

「隠しなさんすな。ぬしの親御どのがお腹立ちとのこと、あちきは聞いておりなんす」

綾菊はうらめしそうに言う。

「誰かに調べさせたのか」

与之助は目を剝《む》いた。おそらく、文使いが漏らしたのかもしれない。綾菊はたいがい市《いち》助《すけ》という文使いを使って与之助に手紙を届けている。

「申し訳のうありんすが、あちきはどうしても気になって……。それだけ、ぬしがいとおしゅうありんす」

そう言って、綾菊は膝《ひざ》をすり寄せてきた。

「綾菊。私だって同じだ」

その頃、与之助は窮地に追い込まれていた。店の金をくすねていたことが父親にばれて、激しい怒りを買ったのだった。

綾菊を身請けしたいと言い出すと、父は青筋を立てて、

「二度と吉原に行くな。行ったら勘当だ。おまえには嫁が決まっているのだ」

与之助は泣いて父に取りすがった。

「お父っつあん。このままじゃ、私の気がすみません。せめて、お別れの挨拶をさせてください。そしたら、もう二度と行きません。お父っつあんの決めてくれた嫁を貰います。どうか、もう一度」

与之助の切なる願いが聞き入れられ、これが最後のつもりで綾菊に逢いに行った。それが五日前のことだった。

綾菊に会うや否や、

「綾菊。私はどうしたらよいのかわからない」

と、苦悶《くもん》の声を出した。

「勘当されるという噂《うわさ》はほんとうでありなんしたかえ」

綾菊の顔が蒼白《そうはく》になった。

与之助が俯《うつむ》いていると、綾菊は膝にとりすがって、

「あちきはいやでありんす。ぬしと逢えぬくらいならもう生きていく甲斐《かい》などないでありなんす。いっそ死にとうありんす」

と、泣きはじめた。

「私だって同じだ」

「いっそ、死んであの世で添い遂げたい」

綾菊が熱にうかされたように言う。

綾菊の目は真剣だった。与之助も綾菊がいない世の中など考えられない。

「死のう。そして、あの世でいっしょに暮らそう」

心残りはお店《たな》のことだ。あとは弟の与吉《よきち》に頼るしかない。まだ十七歳だが、働き者だ。きっと立派に『川田屋』を継いでくれるはずだ。

そう思うと、もう思い残すことはなかった。だが、きょうを限りに、綾菊に逢いに来ることは出来ない。いっしょに死にたい。でも、それが出来ないのなら、せめて日と時を示し合わせて同じ時刻にあの世に旅立つのだと話し合った。

それがきょうの丑《うし》の刻《とき》の真ん中、深夜の八つ（午前二時）だった。

決行日を迎え、刻々と夜が更けて行くに従い、死への恐怖が襲いかかってきた。与之助は落ち着きをなくした。

自分の部屋に入って短刀を用意したが、死の恐怖はますます強くなった。そんな不審な態度に父は何かを察したのだ。茫然《ぼうぜん》としているときに、いきなり襖《ふすま》が開いて父と母が飛び込んできたのだ。

「与之助。なんてことを」

父と母の顔を見た瞬間、与之助はなぜかほっとしたのも事実だった。母にも泣きつかれた。事情を話すと、父は与之助を仏間に連れて行ったのだ。

今から吉原にひとをやって綾菊の自害をやめさせることは時間的に無理だった。

与之助は目を閉じた。瞼《まぶた》の裏に綾菊の顔がまざまざと蘇《よみがえ》ってきた。

（綾菊、死んでくれるな）

どうか、綾菊が早まった真似《まね》をしてくれませんようにと、与之助は祈らざるを得なかった。

翌日の夕方、朝から頭が重くて寝込んでいた与之助の部屋に父がやって来た。

「お父っつあん、どうでしたか」

与之助は半身を起こした。

父は腰を下ろし、暗い目を向けた。

「綾菊は亡くなったそうだ」

「えっ」

手をついて崩れ落ちそうになる身を支え、与之助は荒い息遣いになった。

「詳しいことはわからないが、病死だということだ」

「病死……」

病死のはずはない。きっと自害したのだ。

綾菊をひとりで死なせてしまった。その悔いがじわじわとわき上がってきて、与之助は息が詰まりそうになった。

ふいに与之助は立ち上がった。

「どうした、与之助?」

父が鋭い声を出した。

「綾菊がひとりで逝ってしまった。私は約束を破ってしまったんだ」

虚《うつ》ろな目で、与之助は言う。

「与之助。落ち着きなさい」

父が一喝した。

「綾菊といっしょにおまえも死んだのだ。ただ、おまえは新しく生き返ったのだ。嫁をとり、この『川田屋』を守っていくのだ。よいな」

与之助はしゃがみ込んで突っ伏した。

嗚咽が引いてから、与之助は青ざめて引きつった顔を上げた。

「お父っつあん。お願いがあります。どうぞ、綾菊の亡骸《なきがら》を引き取ってくださいましな。せめて、近くに置いて供養をしてやりたいのです」

「ばかな」

与兵衛門は一蹴《いっしゅう》した。

「お願いです。このままでは私は生きる屍《しかばね》になってしまいます。せめて、供養させてください」

与之助は訴えた。

目を瞑《つぶ》って思案していたが、与右衛門は険しい目を開けた。

「亡骸は無理だが、せめて髪の毛だけでも手に入れよう」

与右衛門は厳しい顔で答えた。

その夜の深更、廓《くるわ》の非常門の扉が開き、はね橋が下りた。廓の周囲は堀で固められている。

「兄き、出て来やがったぜ」

常七が身をひそめた。

「花魁もああなると惨めなもんだぜ」

坂吉は廓から出て来た若い衆に目をやった。そのあとから大柄な男が大八車を引いて出て来、最後に中肉中背の男が後ろを押して行く。

坂吉と常七は紙漉《かみす》き職人で、千住《せんじゅ》にある親方のところに通っている。坂吉のほうが常七より三つ年上の三十歳で体格もよかった。

菰《こも》を荒縄で縛ってある荷は細長く、まさにひとがくるまれていることがわかる。

この数日内に亡くなった遊女は『大浦屋』の綾菊だけだ。

『川田屋』の旦那《だんな》から綾菊の髪の毛を持って来て欲しいと頼まれた。ふたりで一両の仕事だ。

まさか、綾菊がこんな粗末な扱いを受けるとは思わなかった。呼出し花魁の綾菊なら、廓のほうでもそれなりな弔いを出すだろうと思っていたが、さすが廓の亭主は忘八《ぼうはち》と呼ばれるだけのことがある。人間の情などあってはこういう商売はやっていられないのだ。さんざん稼いでくれた花魁でも、死ねば犬猫の死骸《しがい》と同じ扱いのようだ。

荷車は田圃道を車輪の音を軋《きし》ませながら西に進んだ。冴《さ》えた月の光が菰に当たっている。

男たちは無言であった。

坂吉と常七はあとをつける。やがて、三《み》ノ輪《わ》町に入り、浄閑寺の山門に辿《たど》り着いた。

男たちは粗菰の荷を門内にある穴の中に投げ込んだ。手を合わせてから、男たちはすぐに荷車を返してその場から去って行った。

しばらくしてから、ふたりは穴に近づいた。死臭が漂っている。

坂吉が百目蠟燭《ひゃくめろうそく》に火をつけた。

「常、照らせ」

蠟燭を常七に渡してから、坂吉は穴に飛び下りた。

強い死臭に目が眩《くら》みそうになる。これまでに何百体もの死骸がここに捨てられたことだろう。

菰の荷物は一個だけだ。朝になれば、寺の者が引き出して無縁仏として祀《まつ》るのだ。匕首《あいくち》を取り出し、坂吉は菰を結わいてある縄を切った。そして、菰をめくる。

手足は縛られている。目を移す。死に化粧の顔は青白く、無念そうな表情だった。

「常。明かりだ」

常七が手を伸ばして蠟燭の明かりを亡骸に向けた。

坂吉は女の髪の毛を切った。そのとき、簪《かんざし》が一本挿したままなのに気づいた。坂吉は簪を懐に仕舞った。

そして、もう一度縄を結わえ直そうとしたとき、おやっと思った。

「兄き。どうした?」

「妙だぜ。もう少し喉のほうを照らせ」

坂吉はうっと唸《うな》った。

「こいつは刃物で刺されている。それに……」

坂吉は次の言葉を呑《の》んだ。

二

初夏の空に鯉《こい》のぼりが泳ぎ、軒下に菖蒲《しょうぶ》が吊《つ》るされている家もある。四月の半ばを過ぎたばかしなのに、気が早い。

佐助《さすけ》は鋭い顔つきの平助《へいすけ》と巨軀《きょく》の次助《じすけ》を引き連れて向柳原《むこうやなぎはら》に急いでいた。

すれ違う女たちが「佐平次《さへいじ》親分よ」と囁《ささや》く声が聞こえてくる。青地の小紋の着物を尻端《しりはし》折《よ》りし、薄い紺の股引《ももひ》き。常に佐助は女たちに見られることを意識している。一歩家の外に出れば、そこは舞台であり、佐助は佐平次という役を演じる役者になっていた。

そして、後ろからついてくるふたりの兄は佐助の引き立て役に過ぎず、そのことで次助はいつも面白くない顔をしていた。

神田川を新《あたら》シ橋で渡り、向柳原に差しかかる。両側に武家屋敷の塀が続き、やがて立花《たちばな》上総守《かずさのかみ》の上屋敷に辿り着いた。

海鼠塀《なまこべい》の上が塗塀となっている長い塀が続き、その塗塀に連子《れんじ》窓《まど》が一定の間隔でついている。勤番侍《きんばんざむらい》の住む長屋だ。

その長屋を塀沿いに行くと、小門があった。

佐助はその門を叩《たた》いた。すぐに、門番が顔を出した。

「北町奉行所の井原伊十郎《いはらいじゅうろう》さまの手の者で長谷川町の佐平次と申しやす」

むすっとした顔つきの門番が黙って扉を開けて、佐助たちを中に引き入れた。

木立の向こうに広大な敷地が広がり、豪壮な屋根の建物があった。本殿ではなく、台所だという。

豪勢なものだと思っていると、袴《はかま》姿の若い侍がやって来た。

「佐平次どのか。どうぞ、こちらへ」

長い長屋の前をずんずん進む。空いている部屋が多いのは殿様が国元に帰っていて、供の侍がいないからであろう。

長屋の奥にある戸口の前で、若い侍は立ち止まり、

「こちらへ」

と、中に招じ入れた。

三和土《たたき》に見覚えの気障《きざ》な雪駄があった。伊十郎のものだ。

上がるように言い、若い侍は跪《ひざまず》いて障子を開けた。部屋に、伊十郎がひとりぽつねんと待っていた。

「旦那《だんな》、遅くなりやした」

「おう、佐平次。待っていたぜ」

伊十郎はほっとしたように言う。

各大名は家来が町で事件に巻き込まれたりしたとき、うまく処理してもらおうとして、日頃から奉行所に付け届けをしたり、同心を手懐けたりしている。

「ずっと待たされているが茶の一杯も出やしねえ」

伊十郎がぼやいた。

「いったい、何の用ですね。こちらのご家来が何か面倒なことに巻き込まれたんですかねえ」

「わからねえ。ただ、御用人《ごようにん》は俺だけじゃなくて佐平次をいっしょに連れて来いと言うんだ」

伊十郎は面白くなさそうに言った。

佐平次親分の産みの親はこの井原伊十郎だった。佐助を女に仕立てての美人局《つつもたせ》で荒稼ぎしていた三兄弟をつかまえ、佐助の美貌《びぼう》と平助の智恵、次助の怪力に目をつけ、三人でひとりの佐平次親分を作り上げたのだ。

「今や、佐平次の評判は大名屋敷にも広がっているということだ」

伊十郎が呟《つぶや》いたとき、戸口で音がした。

さっきの若侍が障子を開け、そのあとから鬢《びん》に白いものが目立つ武士が入って来た。伊十郎が頭を下げたので、佐助もあわてて頭を下げた。

「井原どの。ご苦労。そなたが佐平次か。噂を聞いておる」

武士は横柄に言った。細面《ほそおもて》のいかめしい顔だ。

「御用人さま。いったい何事が出来《しゅったい》したのでございましょうか」

伊十郎が顔を上げてきいた。

「じつは盗人《ぬすっと》が侵入した」

用人が忌ま忌ましげに答えた。

「盗人？　で、盗まれたものは？」

「祥瑞《しょうずい》の掛け軸と南蛮渡りの青磁器だ」

用人は大きな目で睨《にら》むようにして見つめ、

「当家にとって大事な品々。ぜひ、取り返してもらいたいのだ」

「わかりました」

「殿はこの六月に国元よりこちらに参られる。遅くとも、来月中に、なんとしてでも取り返してもらわねばならない」

参勤交代で江戸に出て来た最初の日は、それらの品々を座敷に並べて眺めるのを楽しみにしているのだと用人は言った。

「井原どの。佐平次。このことをしかとお願い申した。よいな」

ははあと、佐助も伊十郎も平助も次助も平伏し、顔を上げたときには用人はもう立ち上がっていた。

さっきの侍に見送られて、小門を出た。

来た道を戻りながら、

「祥瑞の掛け軸、南蛮渡りの青磁器。どのくらいのものなんでしょうね」

想像がつかず、佐助はきいてみた。

「そりゃ高価なものなのだろう」

伊十郎がぶっきらぼうに答えた。

「高価っていくらぐらいで？」

「ほんものなら何百両もする」

平助が口を開いた。

「へえ、何百両」

「二つで、一千両は軽く越えるかもしれねえな」

「一千両。ぶったまげた」

佐助は大仰に目を丸くした。

だが、もう一度、同じ金額に目を丸くしたのは、その夜のことだった。


いざ探索といっても、どこから手をつけていいのかわからず、念のために盗品が持ち込まれる可能性のある古物商や質屋などをまわって、佐助たちが長谷川町の家に帰って来たのは暮六つ（六時）の鐘が鳴り終わったあとだった。

居間に行くと、横丁の隠居が上がり込んで、長煙管《ながギセル》を片手におうめ婆さんを相手に話し込んでいた。

「ご隠居、待たせちまったようだな」

佐助は頭髪の薄い隠居に声をかけた。

「いえ、親分。ちょっと前に来たところです」

隠居は居住まいを正したが、それも最初の挨拶がすむと、すぐ膝を崩した。そして、煙管に刻みを詰めた。

「親分。この隠居に何か御用で？」

一服うまそうにすってから、隠居がきいた。

「ご隠居は昔は吉原でよく遊んだそうじゃねえか」

「なかですか。なかでは相当お金を使いましたな」

往時を思い出すように目を細め、

「わしの敵娼《あいかた》は花川《はなかわ》といってな、そりゃいい女だった」

この隠居は鳶《とび》職の頭《かしら》で、若い頃はいなせな男だったらしい。呑む、打つ、買うの道楽者だったと自分で言っている。

「ご隠居。吉原通を見込んできくのだが、花魁を身請けするのにどのくらいのお金がかかるだろう」

「身請け？」

隠居は目を丸くした。

「まさか、親分が花魁を身請け?」

「違う。そんなんじゃねえ」

「そうでしょうな。女に不自由しねえ親分だから、なかなど行くはずはねえな」

独り言のように隠居は言ってから、

「まあ、これだけでしょう」

指を一本上げた。

「百両か」

次助がきく。

「ばかな」

「なんだと、一千両」

そう叫んで、次助は目を剝いた。

佐助も呆気《あっけ》にとられて口を半開きにしたままだった。

「そりゃ、大籬《おおまがき》の遊女でしたら、そのぐらいの金は必要でしょう」

隠居は煙草《タバコ》の煙を吐き出してから言う。

「そりゃ、べらぼうな金じゃねえか」

次助が不満を口にする。

「たとえば、まだ売られて半年ばかりの女だとしたら」

佐助は仮の話としてきいた。

「年季は十年。まだ半年足らずだったら、あと九年以上稼げる。器量のいい女ほど稼ぎがいいですからな。それだけの稼ぎに見合う金を出さなくては身請けなど出来ませんよ」

隠居は長煙管を持ったまま鼻で笑った。

「ご隠居。いまどき、一千両も支払って身請けなどしようなんて男がいるのかえ。太夫のいた吉原全盛の元禄《げんろく》、あるいは享保《きょうほう》の頃の話じゃねえですかえ」

平助が口をはさんだ。

まだ武士が権威を保ち、吉原の客も大名や大身の旗本などが主だった頃は遊女の最高の階級は太夫であった。

「太夫といえば、美貌だけではなく、詩歌、琴、華道、茶道などの素養も図抜けていた。そういう太夫を身請けするなら確かに千両はいったかもしれねえ。だが、今はそういう時代じゃありませんぜ」

武士の暮らしが困窮してきて、吉原で大尽遊びをする客がいなくなって揚屋制度もなくなり、宝暦（一七五一～六四）年間を最後に、太夫の位が消えた。

寛政（一七八九～一八〇一）になると、深川に芸者が登場し、富裕な町人は芸者遊びに目が向き、吉原に往年の活気はなくなっていた。

「まあ、確かに。それでも、べらぼうな金がかかることには違いありませんぞ。それに、もうあの世界に足を踏み入れた女は以前の女とは別人」

「ご隠居の言葉だが、おさとはそんな女じゃねえ」

次助が気色ばんだ。

「おさと?」

隠居が聞きとがめた。

「いや。なんでもねえ」

あわてて、次助が口ごもる。

「次助。水臭いじゃないか。なんだ、おまえの好きな女子が廓内にいるのか」

「好きだってわけじゃねえ」

おさとは昔、次助が相撲部屋にいたときの相弟子だった竹蔵《たけぞう》の妹だ。相撲部屋を破門され、行方知れずの兄を訪ねて信州から江戸に出て来たのだが、じつはおさとは吉原に身を売ったのだった。

今、おさとは江戸町一丁目にある大籬の『大浦屋』の遊女となっている。

兄の竹蔵は島送りになり、妹のおさとは苦界に身を沈めた。そのおさとに、次助は思いを寄せている。おさとを苦界から救い出してやるんだと、次助は思い詰めているのだ。

「悪いことは言わねえ。年季明けまで待ったほうがいいと思うがねえ」

隠居はあっさり言う。

「冗談じゃねえ。十年も待てるか」

「ご隠居。次助はおさととは幼馴染《おさななじ》みみたいなものだ。親元身請けという形にはなるんじゃねえのか」

平助がきいた。

親元身請けということになれば金額はだいぶ減る。

「どうかな」

隠居が小首を傾《かし》げた。

「ご隠居。とりあえず、楼主にかけあっちゃもらえませんかえ」

煙管の雁首《がんくび》を灰吹に叩いて、

「わかった。久しぶりになかに行ってみますか」

と、隠居は満更でもない顔をした。

次助が縋《すが》るような目で引き上げる隠居を見送った。あんな気弱そうな目を見るのははじめてだと、佐助は思った。次助兄いのおさとへ寄せる思いの大きさを、改めて知らされたような気がした。

三

端午の節句が近づき、江戸も空には鯉のぼりがたくさん泳いでいた。

与之助は許嫁のお幾《いく》と共に亀戸《かめいど》天満宮に来ていた。太鼓橋を渡り、本殿にお参りを済ませて、それから見事な藤棚に向かった。

並んで歩くと、ときたまお幾と手が触れ合う。そのたびにお幾は恥じらいを含んだ表情になる。

藤棚にはひとがいっぱいいた。

「まあ、見事だこと」

目を輝かせて藤の花を見上げているお幾の横顔を見て、まるで藤の精のようだと、与之助は思った。

青空が広がっており、風も気持ちよい。なんてすがすがしい気分なのだろうと、与之助は知らず知らずのうちに笑みが漏れた。

先日、祝言の日取りが決まった。お幾は浅草駒形町にある料理屋『川末』の末娘で、今年十八歳になる。

与之助は不思議な気がした。あれほどあの世で綾菊といっしょになろうと思っていたのに、憑《つ》き物がとれたように、今はすっかり心の中から綾菊への思いは消えていた。

綾菊に比べたらお幾はまだ蕾《つぼみ》だが、それだけに初々しく、新鮮だった。

父の与右衛門が知り合いの紙漉き職人に金を与えて頼み、せっかく手にいれた綾菊の髪の毛も、結局、今は庭の土の中に捨てるように埋めてしまった。

あの情死騒ぎはなんだったのかと、ふと思い出すことがあるが、もうそれは遠い昔のことのようだった。この変わり身の早さは生来の軽薄さゆえかもしれなかった。

ふと与之助はこめかみの辺りにむず痒《がゆ》いような感じがした。誰かに見つめられている。

そう思って、辺りを見回した。境内にたくさんのひとが出ていて、怪しい者がいても目に入るはずはなかった。

　気のせいだろうと思い、お幾に目を向けると、お幾も振り返った。

「行きましょうか」

　あわてて、与之助は言う。

　再び太鼓橋を渡り、鳥居を抜けて参道を戻る。名物のくず餅《もち》を食べようとしたが、混《こ》んでいて座る場所がなかった。

「妙見《みょうけん》さまに行ってみたいわ。いいでしょう」

　末娘で我が儘《まま》に育ったせいか、お幾は我を通すところがある。だが、かえってそんなお幾が可愛いと与之助は思うのだった。

　天満宮から天神川沿いを少し歩いて本所柳島妙見堂に出た。源頼朝が再起の陣をしいた場所として吉運を開く御利益があると、江戸のひとの参拝が多い。

　そこの参拝を済ませて、門前にある水茶屋で休むことにした。

　緋毛氈《ひもうせん》のかかった腰掛けに腰を下ろしてから、

「疲れたかい」

　と、与之助はいたわるようにお幾に声をかけた。

「いえ。ちっとも」

　お幾は愛くるしい笑顔で答えた。

　注文をとりに来た婆さんに茶と団子を頼んだ。

「与之助さん、あれ」

お幾が空を指さした。

鳥が二羽、輪を描いて飛んでいた。

お幾の幸せそうな表情を見て、与之助は満ち足りた気分になった。あのとき、綾菊と命を共にしなくてよかったと、つくづく思うのだ。

なぜ、あんなばかなことを考えたのか。今になって思えば、自分でも不思議だった。

突然のにわか雨のように、前触れもなく綾菊とのことが思い出されて暗い気持ちになるが、それもいっときで、あとは心が晴々となる。

運ばれて来た茶を飲み、団子をほおばる。

湯飲みに口をつけ、川のほうに目をやる。船が行き交っている。

また誰かに見つめられているような気がした。視線は背後から感じる。与之助がそっちに顔を向けた。

雑木林の木の陰に女が立っていた。おやっと思ったあと、与之助は動悸《どうき》がした。派手な着物の柄に見覚えがあった。女がこっちを見ていた。

（綾菊）

背筋に冷たいものが走ったように与之助は身震いした。

悲鳴を上げたのか、お幾が驚いて声をかけていた。

「与之助さん。どうしたのですか」

「いえ、なんでも」

あわてて言い、もう一度振り返った。が、そこに女の姿はなかった。

気のせいか。綾菊に負い目を感じていたから幻覚を見たのかもしれない。

帰りは船宿から船に乗り、対岸の浅草側に着いた。船の中で、口数の少なくなった与之助に、お幾が不満そうな顔をしていた。


その夜、ふとんに入ったが、目が冴えていた。蒸し暑い夜だった。何度も寝返りを打った。夕飯はあまり喉を通らなかった。やはり、昼間、綾菊の幻覚を見たせいかもしれなかった。

（今、何刻《なんどき》だろうか）

有明行灯《ありあけあんどん》の明かりは枕元《まくらもと》を微《かす》かに照らしているだけで、部屋の四隅は闇《やみ》だった。

遠くに按摩《あんま》の笛の音。父が懇意にしている座頭の沢《さわ》の市《いち》だろうか。しかし、沢の市の笛の音はもう少し柔らかいような気はした。その笛の音が遠ざかると、悲しげな犬の遠吠《とおぼ》え。それもやがて聞こえなくなった。やけに、今夜は静かな夜だなと、与之助はなにやら不気味な気がした。

綾菊が死んだことを知り、後を追おうとした。が、その勇気もなく、そのうちに父が決めた相手のお幾に会って、たちまち惹《ひ》かれたのだ。

綾菊は約束を守って自ら命を絶った。そのことへの呵責《かしゃく》はあるが、死にたいと言ってきたのは綾菊のほうだ。与之助はそう自分に言い聞かせた。

八つ（午前二時）の鐘が聞こえたとき、戸にこつんと何かが当たる音がした。与之助ははっとした。しばらく耳を澄ましていると、また音がした。

おそるおそる与之助は起き上がった。廊下に出て、庭に出る雨戸を開けた。

月はなく、庭石や樹木の手入れの行き届いた庭は闇の中に沈んでいた。

与之助は逆上《のぼ》せた頭を冷やすようにしばらく夜風に当たっていたが、ふと視界の隅に、白いものが過《よぎ》ったように思えた。

欅《けやき》の樹《き》の横に白いものが立っていた。そこに目をやって、与之助は全身の血がいっきに抜き取られたような衝撃を受けた。

女が立っていた。その女の顔が浮かび上がった。その顔は、綾菊そのものだった。

ぎぇえ、と与之助は悲鳴を上げた。

どたばたと物音がして、父と母が駆けつけてきた。

「与之助、どうしたんだ？」

父の与右衛門が血相を変えてきいた。

「いえ、なんでもありません」

「なんでもなくはないだろう。すさまじい悲鳴だった」

「ほんとうになんでもないんです。お騒がせしてすみません」

正気を取り戻して、与之助はあわてて謝った。

父はまだ半信半疑の体で与之助を見ている。

幻覚だと、与之助は自分に言い聞かせた。あまりにも今が幸せだから、知らず知らずのうちに心の負い目が、あのような幻覚を見せたのだと思おうとした。

それから、なかなか寝つけず、気がついたときには部屋に陽光が射《さ》し込んでいた。

朝餉《あさげ》のあとで父に呼ばれた。

「与之助。ゆうべ、何があったのだ?」

父は厳しい顔できいた。

「いえ、なんでも」

与之助は目を伏せた。

「何もなかったはずはない。ゆうべの悲鳴はよほどのことがあったからに違いない。与之助。正直に言うのだ。いったい何があったのだ」

「ちょっと疲れていたので、怖い夢を見たのです。それだけです」

「それならいいが」

父は疑わしそうな顔で部屋を出て行った。

日中は帳簿付けや店の差配など仕事を覚えることに熱中し、また仲人を引き受けてくれた同業の紙問屋の旦那がやって来たりして、忙しく立ち振る舞っていたので、ゆうべの幻覚のことはすっかり忘れていた。

やがて夜がやって来て、ひとり寝間に入ったあと、ふいに体がぞくぞくとした。

それでも、昨夜はあまり眠っていないので、すぐに眠りに入った。

夢を見た。誰かが足元に立っているような気配がした。が、金縛りにあって体を動かすことが出来なかった。

うなされて、はっと目が覚めた。寝汗をいっぱいかいていた。

それからなかなか寝つけなかった。気がついたとき、朝陽《あさひ》が射し込んでいた。

起き上がったとき、ふとんの足元に何かが落ちているのを見つけた。大きな櫛《くし》だ。それを手にした瞬間、与之助は覚えず悲鳴を上げた。

その悲鳴を女中が聞きとがめ、父に知らせたらしい。廊下を足音立てて、父が飛んで来た。

「どうした?」

父が部屋の隅に放《ほう》り投げた櫛に目をやった。

「これは?」

父が何かを察したらしく怖い顔つきになった。

「綾菊……」

「なに?」

「綾菊のものです」

与之助は青ざめた顔で言った。

「それが、どうしてここに?」

「わかりません」

与之助は首を横に振った。

「これはほんとうに綾菊の櫛なのか」

「はい。私が贈ったものです」

口を半開きにしたまま、父は声を失っていた。

「そうだ。誰かが返しに来たものかもしれません」

与之助は自分に言い聞かせるように言った。

「誰がそのようなことを？」

父は櫛を持ったままきく。

「紙漉き職人の坂吉さんと常七さん。このふたりは髪を切ったあと、この櫛が挿してあるのに気づいて猫ばばした。でも、気が差して、返しに来たのでは」

与之助が言うと、父は暗い顔をした。

「違う」

あまりにはっきり言うので、与之助はむきになった。

「どうしてですか。返しづらいので、こんな真似をしたのかもしれません。いらおう、きいてみてください」

与之助は希望を見出《みいだ》したくて言ったのだ。

「無駄だ」

「どうしてですか。もしかしたら、あのふたりがうちの女中に頼んで、私の部屋に投げ込ませたのかもしれません」

「与之助。落ち着いて聞くんだ」

父が唇をわななかせ、

「あのふたりは……」

「えっ？　なんですって」

与之助はきき返した。

「いや。なんでもない」

父が言葉を濁した。

そんな父を、与之助は不思議そうに見ていた。

四

狭い庭から涼しい風が入って来た。

朝飯を食べ終わったあと、横丁の隠居がやって来た。

「どうなすったえ、ご隠居。あれから、しばらく見えないので、風邪でも引いているんじゃねえかと心配したぜ」

廓内に行くと意気込んでから、七日ほど経《た》っていた。冴えない顔色に、さては首尾はうまくいかなかったかと、佐助は心配になった。

隠居はあぐらをかき、煙草入れを取り出し、次助に顔を向けた。次助がすぐに煙草盆を差し出した。

隠居はゆっくりした仕種で刻みを詰める。

次助は不安そうに隠居の顔を見ている。

「ご隠居、どうでした?」

佐助が待ちきれずにきいた。

「次助、諦《あきら》めろ」

隠居が無慈悲に言う。

「諦めろとはどういうことだ」

次助が血相を変え、詰め寄るように迫った。

平助も鋭い視線を隠居に浴びせた。

「落ち着け」

隠居はあわてて、

「じつは、『大浦屋』の綾菊という遊女が三月半ばに病死したそうだ。稼ぎ手に死なれて、しばらくは身請け話は受け付けないということらしい」

「そんな」

「それに、おさとさんは病にかかってここひと月ほど出養生しているらしい」

「病気だと。おい、いい加減なことを言うな」

次助が隠居の胸ぐらをつかんだ。

「よせ、やめないか」

隠居が苦しそうな声を上げた。

「次助。やめろ」

佐助が親分らしい口調で言った。

次助ははっとしたように手を離した。

「ご隠居。すまねえ。つい夢中になって」

わざとらしく喉を押さえて咳《せ》き込んでから、

「なんてえ、ばか力だ」

と、隠居は目をぱちくりさせた。

「おそらく、馴《な》れねえ仕事で疲れがたまったんだろう」

「ご隠居。おさとさんの様子はどうなんだ？」

「命にかかわるような病ではないから心配ないってことだ」

「そうか。可哀《かわい》そうに」

次助が目をしょぼつかせた。

毎晩、違う男に身を任せ、心身共に疲れ果ててしまったのだろう。

「ご隠居。見舞いに行きてえが」

「そりゃだめだ。『大浦屋』の養生先は調べればわかるだろうが、おいそれと会うことは出来まい。それに、女のほうだって窶《やつ》れた姿をひとには晒《さら》したくないだろう」

隠居の言うとおりだ。ここはしばらく様子をみるしかないだろう、と佐助は思った。

「ただな、出養生でかかった費用はすべて妓《おんな》のつけになる。それだけ年季明けが延びるってことだ」

次助の深いため息が長く続いた。

考え事をしているのか、書物から顔を上げた平助が珍しく眉根を寄せて虚空を見つめていた。


その日も、質屋や古物商をまわった。

盗品が持ち込まれた形跡はどこの質屋や古物商にもなかった。怪しい品物が持ち込まれたらすぐに知らせるように言って引き上げて来た。

もっとも、あれだけ値の張る品物が質屋や古物商などに持ち込まれるわけはないが、同じ盗人が別の安い盗品を質屋などに持ち込まないとも限らない。

本郷三丁目にある大きな質屋を出たとき、向こうから押田《おしだ》敬四郎《けいしろう》と長蔵《ちょうぞう》がやって来るのに出会った。

「佐平次じゃねえのか。なにしているんだ、こんなところで。まさか、質入れに来たわけじゃあるまい?」

長蔵は質屋の門に目をやってからきいた。

「へえ。近所のご隠居が煙草入れを盗まれたっていうんで、こうして持ち込まれていないか調べているんですよ。それより長蔵親分もここに?」

佐助がごまかして逆にきくと、長蔵は渋い顔で、

「俺もそんなところだ」

と、言葉を濁して質屋の門を入って行った。

「あやしいな」

平助が口許《くちもと》を歪《ゆが》めた。

「まさか。どこかのお屋敷から」

「そうだろう」

押田敬四郎もどこかの大名屋敷から付け届けをもらっているはずだ。

夕方になって、三人は伊十郎と待ち合わせの小伝馬町《こでんまちょう》二丁目にあるそば屋へ行った。

もう伊十郎は来ていて、小上がりの座敷で酒を呑んでいた。

「まあ、一杯やれ」

こっちは歩き回っているというのにと、佐助は内心ではむっとしたが、黙って向かいに腰を下ろした。

平助と次助も狭い場所に腰を下ろす。

「どうだった?」

「だめです」

「そうだろう。盗人はそんなところに流したりしねえ。おそらく、てめえたちで、買い主を探し出して売ろうって寸法に違いねえ」

他の客の耳に気を使って、伊十郎は小声で言う。

「旦那」

佐助が呼びかけ、

「被害にあったのはあのお屋敷だけですかねえ。他にもあるんじゃ?」

「そうだな」

「世間体を憚《はばか》って泣き寝入りしているか、あのお屋敷のように懇意にしている同心にひそかに探索を頼んだ者もいるんじゃありませんかえ」

伊十郎は猪口《ちょこ》を持ったまま唸った。

「どうやら、南町の押田の旦那もその口のようですぜ」

「なに、それはほんとうか」

伊十郎が顔色を変えた。

「へえ。さっき長蔵親分といっしょに質屋に入って行きましたぜ」

伊十郎は不機嫌そうに顔を歪めた。

南町の定町廻《じょうまちまわ》り同心押田敬四郎は伊十郎より幾つか年上で、ふたりはいがみ合っている仲だった。

「向こうが先に盗人を捕まえたら、こっちの面目が立たねえ」

伊十郎は目を見開き、

「いいか。奴らより先に捕まえろ」

「それより、旦那。他にもやられたお屋敷があるかもしれませんぜ。こいつは、筋金入りの盗賊一味が暗躍していると思われますぜ。ちょっと、手強《てごわ》いことに」

「ばかやろう。相手がどんなであろうと、あとひと月以内に品物を取り戻せ。品物が取り返せねえと、俺の顔が立たねえ」

旦那の顔が立とうが立つまいが、俺には関係ありませんぜ、とよほど言ってやろうかと思ったが、角が立つので喉元に呑み込んだ。伊十郎はしかめっ面で顎《あご》をなでている。

「おう、佐平次」

いきなり声をかけられた。

えっと驚いて入口を見ると、長蔵と押田敬四郎が入って来た。

「やっぱしここだったか」

長蔵が目をつり上げて言う。

押田敬四郎はぶすっとした顔で傍らに立っていた。

長蔵は伊十郎に形ばかりに頭を下げてから佐助に向かい、

「おう、佐平次。おめえ、何か知っているんじゃねえのか」

と、いきなりきいた。

「いってえ、何のことですね」

佐助はとぼけた。

「昼間の件よ」

「親分。ここじゃ、他の衆の耳を邪魔する。外に出ようじゃありませんか」

「よし」

「旦那は？」

佐助は伊十郎を見る。

「任せる」

伊十郎は突慳貪《つっけんどん》に答えた。

外に出て、少し離れた空き地まで行った。西の空が茜《あかね》色に染まっていた。家々の屋根が夕闇に黒く浮かび上がっていた。一日が経つのは早いものだと、佐助は暮れかかった空を見ながら歩いた。

大きな銀杏《いちょう》の樹の前で、長蔵が立ち止まった。

「おう、佐平次。おめえ、確か近所の隠居が煙草入れを盗まれたとか言っていたな」

「へえ」

「質屋の番頭はそんな話ではなかったと言っていたぜ」

「そりゃ別に詳しく話したわけではありませんから」

「けっ、とぼけやがって」

長蔵は露骨に顔を歪め、

「佐平次。お互い腹を割ろうじゃねえか」

「なんですね、腹を割るって？　ひょっとして、長蔵親分もどこかのお大名から盗まれた品の探索を頼まれたんですかえ」

「そうだ。佐平次、おめえもだろう」

長蔵がつっかかるように言う。

「そのとおりでえ」

「まさか、同じ大名屋敷ってことはねえだろうな。おめえに頼んだのは誰だ？」

「向柳原の立花さまです」

「俺のほうは牛込《うしごめ》の水野さまだ」

「やはりそうですかえ。長蔵親分、こいつは他にもやられたお屋敷があるはずですぜ」

「佐平次」

押田敬四郎が険しい目を向けた。

「大名屋敷を狙《ねら》う盗人が出没しているってことだな」

「へえ。そして、それらを売りさばく人間がいる。つまり、大がかりな盗賊団が暗躍しているとみて間違いないんじゃねえでしょうか」

平助からの受け売りを、さも自分の考えのように佐助は堂々と言う。

押田敬四郎は長蔵と顔を見合わせた。

「大名屋敷に押し入るのは案外と簡単らしいが、大胆な盗人だ。しかし、盗んだ品物をどこに売りさばいているんだ」

押田敬四郎が思案げに腕組みをした。

「おそらく、盗品を承知で買い取る金持ちがいるってことでしょう。江戸ばかりじゃねえ。案外と関東一円の豪商に売りさばいているのかもしれませんぜ」

これも、もちろん平助からの受け売りだ。

「そうなると、こいつは大がかりな一味ということになるな」

押田敬四郎は腕組みをしたまま唸った。

「質屋を聞き込んでも無駄ってことか」

「まあ、あまり期待は出来ないでしょう」

佐助が言うと、押田敬四郎は腕組みを解き、

「よし、盗品を売りさばく者は金持ちの旦那に声をかけているはずだ。江戸の豪商に片っ端から聞いてまわろう。長蔵、行くぞ」

言いたいことだけ言って、押田敬四郎はさっさと引き上げて行った。あわてて、長蔵が追いかけた。

「俺たちも金持ちを当たるのか」

「いや。盗人はそんなことから足のつくような真似はしていないはずだ。あくまでも表向きはふつうの商売をしているに違いない」

平助が言う。

「じゃあ、どうするんだ?」

「今までどおり、質屋や古物商を調べるのだ」

「でも、そんなところに品物は流さないんじゃないのか」

平助が首を横に振った。

「確かに、流さねえ。だが、小物は流すかもしれねえ」

「小物?」

「盗人はそう値の張らない櫛や簪などもついでに盗んでいるのだ。そういったものは自分でこっそり金に換えようとする。そんな奴がいるかもしれねえ。それに賭《か》けるんだ」

「なるほど」

佐助が合点していると、伊十郎がやって来た。

「おう、ここだったか」

「ちっ、暢気《のんき》な」

佐助は覚えず口に出た。

「おい、何か言ったか」

伊十郎が怪訝《けげん》そうな顔を向けた。

「いえ、別に」

あわてて、佐助はとりつくろうように、

「旦那。やっぱし、長蔵たちも同じでした。牛込の水野さまのお屋敷から盗品の探索を頼まれておりやしたぜ」

「おい、佐平次。長蔵たちに負けるんじゃねえぜ。こうなったら、こんなところでぐずぐずしていねえで、さっさと探索をはじめるんだ」

伊十郎は尻を叩くように言った。

勝手な旦那だと罵《ののし》りたいところだが、佐助はぐっと抑えた。

五

与之助は目を覚ました。女中が行灯に火をいれて、静かに出て行った。

障子の外は暗くなっていた。もう夕方になったのだ。店のほうから甲高い話し声が聞こえてくる。仕事の話だ。

与之助はあれからずっと寝込んでいた。五日ほど経つはずだった。その間、二度許嫁のお幾が見舞いに来た。お幾には風邪をこじらせたと言ってある。

何度か夢に綾菊が出て来たが、ここ二、三日は綾菊の夢を見ることはなくなった。

与之助が起き上がった。ふらついて倒れそうになったが、どうにか足を踏ん張り、廊下に出た。

厠《かわや》から戻る途中、廊下の向こうに按摩の沢の市を見つけた。父のところに来たのだろう。

この沢の市の揉《も》み療治が気に入っていて、父は三日に一度は三ノ輪から沢の市を呼びつけるのだ。

目の不自由な沢の市のために、父は駕籠《かご》を呼んでやるのだが、どうやら駕籠が来たので、引き上げるところらしい。

与之助はふとんに戻った。

しばらくして父がやって来た。

「どうだ、気分は?」

「はい。だいぶ落ち着いてきました」

「じつはあの髪の毛と櫛を西国寺の住職に頼んで供養してもらい埋葬した。もう、何も心配ない」

「綾菊は成仏してくれるでしょうか」

「あの住職は怨霊《おんりょう》にとりつかれた者を何人か助けたことがあったそうだ。その住職がだいじょうぶだと言っていた」

「そうですね。そういえば、この二、三日、気分もだいぶ違います」

「そうか」

父は安心したように白い歯を見せた。

「明日、西国寺の住職にお礼に行ってこよう」

「はい」

与之助は元気が出てきた。

翌日、与之助は父と共に入谷《いりや》にある西国寺に行った。端午の節句が過ぎたが、まだ鯉のぼりが泳ぎ、軒下に菖蒲がつるされている。

晴れていて、強い陽射しだった。『川田屋』から歩いて四半刻《しはんとき》（三十分）もかからない場所だったが、西国寺に着いたときには体が汗ばんでいた。

浄土宗の寺で、『川田屋』の菩提寺《ぼだいじ》であった。父は多めの御布施を用意していた。与之助は綾菊のためにお経を上げてもらい、そして髪の毛と櫛を埋葬しただけの墓にお参りをした。ついでに先祖の墓参りを済ませた。

日陰に入ると、風があるので涼しい。しばらく涼んでから、『川田屋』に引き上げた。

「兄さん、お帰りなさい」

弟の与吉がすぐに飛び出してきた。

「与吉。もう、私はだいじょうぶだ。心配かけてすまなかった」

「よかった」

与吉は若々しい笑顔を作った。

その夜、与之助は久しぶりにぐっすり眠り、翌日、明るい陽射しの中、浄閑寺に向かった。

浅草寺境内を抜けて浅草田圃から吉原の脇を通る。吉原を間近にして複雑な思いに襲われ、逃げるように足早になった。

やがて下谷龍泉寺町《りゅうせんじまち》で、すぐ三ノ輪になった。

浄閑寺にたくさんの遊女が葬られている。その山門の前に佇《たたず》み、大きく深呼吸をしてから、境内に入った。

与之助は無縁仏の供養塔に手を合わせ、「綾菊、すまなかった。成仏しておくれ」と一心に拝んだ。

これで綾菊も許してくれるだろう。与之助はようやく落ち着いた。

山門を出たとき、ふと誰かに見つめられているような気配を感じ取った。瞬間、ひんやりした風を浴びたように鳥肌が立った。

ふと、背後にひとの気配がした。振り返ると、墓地のほうに女が向かう。その横顔が目に飛び込んだ。

与之助は棒立ちになった。そんなはずはない、と勇気を振り絞り、その女のあとを追った。墓地に入った。が、女を見失った。きょろきょろしていると、古い塔婆《とうば》が並んでいる陰に、さっきの女がいた。

与之助がゆっくり近づこうとしたとき、女が顔を向けた。

ひぇっと、与之助は悲鳴を上げて腰を抜かしそうになった。その顔はまさしく綾菊だった。

与之助はよろけながら境内を飛び出し、やみくもに走り出した。あわてていたので、途中草履が脱げたのにも気づかずに走った。

下谷龍泉寺町に入ったとき、街角から出て来たひととぶつかりそうになった。相手が悲鳴を上げて転んだ。

「あっ、沢の市さん」

与之助はあわてて沢の市を助け起こし、杖《つえ》を拾ってやった。座頭の沢の市だった。

「沢の市さん。だいじょうぶですか。すみませんでした」

「あっ、その声は、『川田屋』の若旦那さまで」

起き上がって、沢の市が言う。

「はい。与之助です」

声が震えているのに気づいたのか、沢の市が顔色を変えた。

「若旦那。何かおありでしたか。なんだか、様子が……」

「いえ、なんでも」

「若旦那。私の家はすぐそこです。どうぞ、お寄りください」

沢の市は与之助の手を引っ張って、杖をついて、まるで目が不自由なことが嘘《うそ》のように自分の家に連れて行った。龍泉寺の裏手になる。

「ここでございます」

格子戸を開けると、奥から沢の市の女房が出て来た。

「お世話になっている『川田屋』さんの若旦那さまだ」

「まあ、そうでしたか。こんな汚いところですけど、どうぞお上がりください」

女房も気のよさそうな女で、与之助は上がろうとして、はじめて草履が脱げていることに気づいた。

「草履がない」

よほど泡を食ったのか、草履が脱げたことも気づかなかった。

「まあ、どうなすったのですか」

女房に問われ、与之助は三ノ輪の浄閑寺から走って来たことを告げた。

すると、女房はすぐに家を飛び出して行った。その間、沢の市が瓶《かめ》から濯《すす》ぎの水を汲《く》んで持って来てくれた。

足を濯ぎ、部屋に上がって待っていると、女房が草履を持って戻って来た。

「ありましたよ」

女房は肩で息をしながら言った。

「すみません。このとおりです」

与之助は頭を下げた。

出してくれた茶を飲み、ようやく人心地がついたとき、沢の市がきいた。

「若旦那さま。いったい何があったのでございますか」

「はい」

湯飲みを持ったまま、与之助は迷った。自分の恥を晒していいものか。だが、親切な沢の市夫婦には自然に口に出た。

「沢の市さん、聞いてください。私は、私は綾菊の亡霊にとりつかれているのです」

「綾菊さんは、ふた月ほど前にお亡くなりになった遊女でございますね」

沢の市は廓内にも揉み療治に行っており、綾菊のことは耳にしていた。

「綾菊は病死ということになっていますが、ほんとうは私と心中を……」

「なんですって」

見えない目に驚愕《きょうがく》の色を浮かべて、沢の市は腰を浮かせた。女房も啞然《あぜん》としている。

与之助は父親に見つかって自害出来なかったことを話し、それから綾菊の霊にとりつかれていると説明した。

「亡霊だなんて、若旦那の気の病ではありませんか」

沢の市の女房が言う。

「わかりません。でも、何度か、綾菊が私の目の前に現れているのです。さっさもはっきりと綾菊の顔を見ました。あれは綾菊に間違いありません」

まるで何かを感じ取ろうとしているかのように、沢の市は前のめりになって、与之助の体を探るようにしていた。

「若旦那さま」

ようやく、沢の市が体を起こした。

「じつは、こいつの母親は今、お江戸で評判の佐平次親分の家に通いでお手伝いに上がっております。いかがでしょうか。佐平次親分に相談なすってみたら?」

女房が頷《うなず》いた。

「佐平次親分の評判は聞いております。でも、いくら捕物名人でも、亡霊相手では……」

「いいえ。何か打つ手が見つかるかもしれません」

「沢の市さんには話してしまいましたが、出来ることならもうどなたにもこのことを知られたくないのです」

「ご心配には及びませんよ。佐平次親分はやさしくて義侠心《ぎきょうしん》もあり、今までの岡《おか》っ引《ぴ》きとはぜんぜん違います。きっとお力になっていただけると思いますよ」

女房も勧めた。

「佐平次親分に若旦那さまのことをお話ししてよろしいですね」

沢の市夫婦が自分の身を我がことのように心配してくれていることがわかり、与之助は断りきれなかった。

沢の市の女房が呼んでくれた駕籠で、与之助は田原町まで帰った。

六

連日、質屋や古物商を歩き回っているが、怪しい品物が持ち込まれたということはなかった。

もちろん、質屋には贓品《ぞうひん》が持ち込まれたらただちに奉行所に報《しら》せるようにお触れが出ている。だが、被害に遭ったほうが世間体を考えて口を閉ざしていれば、盗まれた品物が質屋に持ち込まれても盗品だとは思わないだろう。

だから、盗品の探索ではなく、不釣り合いな品物を持ち込んだ者がいるかどうかをきいてまわったが、そういうこともなかった。

疲れた体を引きずって長谷川町の家に戻った。外では疲れた顔も出来ず、人形町通りをしゃきっとした姿で歩き、ようやく家に辿り着いた。

きょうまでおうめ婆さんは娘の家に行っており、三人は外で夕飯を済ましてきた。

部屋に上がり、着替え終えると、次助がうつ伏せになった。

「おい。佐助。腰を揉んでくれ。もう、だめだ」

「次助兄い。俺だって疲れているんだ」

「そんなこと言わねえで、頼むよ。おめえは親分面して気持ちはいいかもしれねえが、俺なんぞはただくっついて歩き回っているだけだ。こういうのって疲れるんだぜ」

「ちっ」

佐助は仕方なく次助の腰を揉みはじめた。

平助はとみると、柱に寄り掛かり、書物を読みはじめた。平助は疲れを知らないのだろうか。

それにしても、平助はいったいどんな本を読んでいるのだろう。ときたま早暁に出かける家にどんな人間が住んでいるのか。

「おい、佐助。手が遊んでいる」

次助が文句を言った。

ばかでかい体だと、佐助がげんなりする。次助の体を一通り揉みほぐすにはひとの倍以上の力がいり、また倍以上の時間がかかるのだ。

そのとき、格子戸が乱暴に開いた。次助が跳ね起きた。佐助もすぐに長火鉢の前に移動した。

と、同時に井原伊十郎が上がり込んで来た。

「おや、埃《ほこり》が舞っているな」

伊十郎は佐助から次助に顔を向け、また佐助に戻した。

「妙だな」

「なんですかえ、旦那」

佐助を無視して、伊十郎は次助を見た。

「おい、次助。まさか、親分に腰を揉ませていたわけじゃねえだろうな。佐平次、どうなんだ?」

「旦那。そんなんじゃねえよ」

次助があわてて言う。

「厠の帰り、俺が蹴躓《けつまず》いちゃったんですよ。それで埃が舞ったんでえ」

「ふん。うまい言い訳を思いついたな。まあ、いい」

伊十郎はあぐらをかき、

「何か呑ませてくれ」

と遠慮なく言い、今度は平助に目を向けた。

「相変わらず、わけのわからねえ本を読んでいるのか」

伊十郎は口許を歪めたが、平助は顔をちょっと上げただけだった。

「おう」

次助が僅《わず》かばかり残った徳利の酒を碗《わん》に注いで差し出した。

伊十郎はうまそうに呑み干してから、

「どうだ。進んでいるか」

と、佐助にきいた。

「いえ。まだ、手掛かりもつかめねえ」

「ちっ。おい、平助。本ばかし読んでねえで、少しは探索に身を入れろ」

「旦那。あっしたちは昼間、足を棒にして歩き回っているんですぜ」

佐助が憤慨して言う。

「おい、次助。お代わり」

伊十郎は空になった茶碗を突き出した。

顔をしかめて、次助が徳利から酒を注ぐ。ちょうど茶碗一杯で徳利が空になった。

「ちっ。しけてるな」

「しょうがねえでしょう。町のひとからの袖の下はだめ。付け届けもだめ。おまけに旦那からの手当てが僅かときている。これじゃ、満足に酒など呑めやしませんよ」

佐助が愚痴を言う。

「そうだ。佐平次が潔癖な岡っ引きを演じてくれているので、奉行所の耳に入る岡っ引きへの苦情がずいぶん少なくなったそうだ」

「だったら、もう少し手当てを上げてくれませんかえ」

「まあ、その話はまたにしよう」

伊十郎はごまかし、

「じつはな、どっかの大名から奉行所に盗品の探索依頼があったそうだ。つまり、奉行所全体で取り組むことになった」

「被害に遭ったお屋敷が相当な数に及んでいるようですねえ」

「そうだ。届け出ないだけで、被害に遭ったお屋敷は相当あるとみていい。大名屋敷だけでなく、大身の旗本屋敷だって狙われるかもしれねえ」

伊十郎は平助に視線を移し、

「いいか。こいつは是が非でも佐平次が手柄を立てなければならねえ。わかったか」

「佐平次の手柄と言ったって、皆旦那の手柄になっちまいますけどね」

次助が厭味《いやみ》を言った。

「なんだと」

「まあ、旦那。それより、奉行所のほうはどう出るんですね」

平助は割って入った。

「盗んだ品物はどこかで金に換えるはずだ。ようするに、盗品を買い取る人間がいるってことだ。その探索からはじめるようだ」

平助が言う。

「旦那。早く、盗品の買い取りを禁じるお触れを出したほうがいいかもしれませんぜ」

「金持ちの商人が道楽のために買い求めるに違いねえ。そういう人間は陰で買っているんだ。そんなお触れを出したって効き目はねえ」

伊十郎が異を唱えた。

「いや。買い入れ先のはっきりしないものは盗品と見なして没収すると伝えるんですよ。そうすれば、皆どこで買い求めたのか認《したた》めておきやす。買った品物をさらに他人に売ってしまった場合の備えにもなりやす。それに、盗人が捕まったあとで、品物の回収もしやすいかもしれませんぜ」

「だが、立花家から盗まれた品物はもう処分されてしまっているかもしれねえな。もう取り返すことは難しいかもしれねえな」

伊十郎は気弱に言う。

「いや、旦那。売り先は何も江戸市内とは限りませんぜ。東は銚子《ちょうし》、西は小田原、北は足《あし》利《かが》、佐野、栃木、川越、高崎。そういったところの金持ちに売るにも、ある程度、品物がまとまった時点で江戸から運び出すんじゃねえでしょうか」

「そうか。すると、まだ他人には渡っていない可能性もあるな。よし」

伊十郎は安心したように言ってから、立ち上がった。

「明日、お奉行に、今の平助の考えを伝えてみる。じゃあ、頼んだぜ」

「旦那。まっすぐ帰ってくださいよ」

佐助が言うと、伊十郎はいやな顔をした。が、何も言わずに部屋を出て行った。

格子戸が閉まる音を聞いてから、次助はわざわざ様子を見に行った。

一度、帰った振りをして、伊十郎はこっちの話を盗み聞きしていたことがあった。そのとき伊十郎への不満を口にしたものだから、全部聞かれていたということがあったのだ。それに懲りてのことだ。

「だいじょうぶだ。ほんとうに帰った」

次助が戻って来て言った。

だが、佐助はもう疲れて、次助もあくびをした。

「寝ようか」

佐助はふたりの兄のために、ふとんを敷いてやった。

翌日、朝餉を食べ終わったあと、傍《そば》に座っていたおうめ婆さんが何か言いたそうにもじもじしている。

「婆さん。何か」

佐助は湯飲みを持ったままきいた。

おうめ婆さんが困惑したような顔で、

「親分」

と、声をかけた。

「おや。なんだえ、そんな顔をして。何かあったのかえ」

「あたしじゃないんですけど」

ためらいがちに、おうめ婆さんが口を開いた。

「あたしの娘が座頭の沢の市に嫁いでいるのを覚えていますか」

「覚えているとも。下谷龍泉寺町に住んでいるんだろう」

「はい。さようでございます。娘がこの沢の市といっしょになると打ち明けてきたときはびっくりしましてね。でも、目は見えないのですが、やさしくてとにかく娘を大切にしてくれています。いえ、それだけじゃありません。このあたしにもいっしょに住もうと言ってくれましてて」

「婆さん。それはわかったが、沢の市がどうかしたのか」

佐助は口をはさんだ。

「そうでした。その沢の市が『川田屋』の大旦那さんには贔屓《ひいき》をしていただいております。

その『川田屋』には与之助さんという跡取りがいるそうです。そうそう、沢の市は揉み療治が得意で、ご贔屓さんがたくさんいるんです。おかげさまで、儲《もう》けもそこそこ。あたしにいつでもいいから来てくれと言ってくれているんですけど」

「おいおい、婆さん」

次助がうんざりしたように声をかけた。

「あら、いけない。なんでしたっけ」

「沢の市のことだ」

「はいはい、思い出しました。沢の市が、その『川田屋』さんの若旦那のことで相談したいことがあるそうなんです。相談に乗ってもらえるかどうか、あたしに訊《たず》ねてきてくれないかと娘を通して言って来ましてね」

「ほう、『川田屋』で何か困ったことでも起きたのか」

「さあ、あたしには何も話してくれませんでした。どんなものでしょうか」

「どうにも何も、ほかならぬおうめ婆さんの婿の頼みじゃねえか。聞かないわけはねえ。いいぜ」

「さようでございますか。ありがたいことで」

拝むように手を合わせ、おうめ婆さんは何度も頭を下げた。

「じゃあ、あとで沢の市の家に行ってみるとしよう」

目が不自由な沢の市を気づかって、佐助は言った。

「あらまあ、そんなことをしていただいちゃ罰《ばち》が当たります」

「なあに、きょうはあっちのほうを廻《まわ》ればいい。なあ、平助、次助」

呼びつけにされて、次助はむっとしたような顔をした。

「親分。そうしやしょう」

平助は素直に子分に徹して応じた。

「そういうわけだ」

「でも、親分。沢の市が仕事に出ているときもあります」

「なあに、そのときはそのときよ。心配しなくていい」

「じゃあ、そのようにさせていただきます」

よっこらしょと掛け声を上げて、おうめ婆さんは立ち上がった。


その日、下谷広小路《ひろこうじ》から三ノ輪にかけての質屋や古物商などを覗き、昼過ぎに佐助たちは下谷龍泉寺町にやって来た。

以前に一度、沢の市を訪ねたことがあり、龍泉寺裏手にある家はすぐにわかった。

格子戸を開けて中に呼びかけると、一度会ったことのあるおうめ婆さんの娘が出て来た。

女は、あっと声を上げた。

「佐平次親分じゃございませんか」

「おうめさんに聞いたんだが、市さんが相談があるそうだね」

「それでわざわざ来てくだすったんですか。さあ、お上がりください。おまえさん、おまえさん」

呼ぶまでもなく、沢の市が手を泳がせて飛んで来た。

「佐平次親分。申し訳ないことです」

「なあに、ついでがあったからよ」

沢の市夫婦の気持ちを楽にさせるように言い、佐助がふたりに請われるまま座敷に上がった。平助は上がり框《かまち》に腰を下ろし、次助は土間に立っていた。

「今、そこで昼飯を食い終わったばかしだ。何もいらないよ」

佐助は断り、

「さっそく、話を聞かせてもらいましょうか」

と、沢の市の顔を見た。目は不自由だが、整った顔立ちをしている。

「はい。じつは、『川田屋』の若旦那の与之助さんが幽霊に悩まされているのです」

「幽霊だって」

佐助は覚えず噴き出しそうになった。

「親分。ほんとうなんです」

横合いから、女房が膝を乗り出して、

「先日、浄閑寺からあわてて逃げて来たのをうちのひととぶつかったんです。わけを訊ねると、死んだ遊女の亡霊を見たって」

「真っ昼間なのだろう?」

「そうなんですが、墓石の間に立っていたのを見たそうです」

佐助はだんだん薄気味悪くなってきた。平助も不思議そうな顔をした。

「俺は悪い奴らをとっ捕まえるのが商売で、相手が幽霊ではどうしようもねえが、いってえどういう因縁なんでえ、女の幽霊と与之助とは」

佐助は真顔になってきいた。

「若旦那は『大浦屋』の綾菊という遊女と心中をする約束をしたのですが、大旦那に見つかって死ねなかったのです。綾菊はそのまま死んだそうです。その後、若旦那は嫁を貰うことになった。それから、綾菊の亡霊が……」

沢の市は沈んだ顔で言い、

「親分さん。お願いでございます。ほんとうに幽霊なのか。私は若旦那の気の病のせいに思えてなりません。どうか、ひとつお力になってやっていただけないでしょうか」

不自由な目を向けて、沢の市は何度も頭を下げた。


沢の市の家を辞去してから、浅草田圃を突っ切り、浅草寺の脇から田原町にやって来た。だいぶ陽が傾いていた。

ご主人に会いたいと申し入れると、番頭と入れ代わって『川田屋』の主人与右衛門が出て来た。がっしりとした大柄な体格の男で、大店《おおだな》の主人に相応《ふさわ》しい押し出しだった。

「わざわざ佐平次親分にお出ましいただいて、いったい何の御用でございましょうか」

与右衛門は戸惑いぎみな表情で言う。裏のほうから甲高い男たちの声がするのは、荷を土蔵に運び入れているところなのだろうか。

「若旦那の与之助さんにお会いしたいのですが」

「与之助は今、ちょっと体調を崩して横になっております。与之助にどのようなご用でしょうか」

与右衛門は窺《うかが》うようにきいた。

「与之助さんに、何か困ったことが起きていると伺ったのですが」

「はて、なんでございましょうか」

与右衛門はとぼけた。

「誰にも言いません。どうぞ、正直にお話し願えませんかえ」

「何をでしょうか」

「与之助さんが幽霊に悩まされているとか」

「それは……」

しばらく逡巡《しゅんじゅん》していたが、ようやく与右衛門は顔を上げ、

「親分さん。どうぞ、こちらへ」

と、佐助と平助を奥の客間に通した。

客間で対座してから、改まって、

「川田屋さん。じつは座頭の沢の市が幽霊に怯《おび》えている与之助を助けてあげたんです。その沢の市から恩ある『川田屋』さんの若旦那を何とかしてあげたいと言うので、あっしに頼んできやした。秘密は守りますから、どうぞお話しなすってくださいませんか」

佐助は相手の硬い気持ちを解きほぐすように言う。

「親分さん。そのとおりなのでございます。伜《せがれ》の与之助は綾菊の亡霊に怯えて、頰もげっそりとして」

与右衛門は深刻そうな表情になった。

「綾菊とのことは知っていたのですかえ」

「はい。お恥ずかしい話なのですが、店の金を持ち出してまで綾菊に逢いに行っていたのです。その挙げ句が心中ということに」

大柄な男が体を小さくした。

「よく川田屋さんは与之助さんが自害をしようとしていることに気がつかれましたね」

「とにかく、伜の様子がおかしかったのです。目に落ち着きがなく、青ざめた顔で。それとなく注意をしていたところ、伜の部屋から線香の香りがするので胸騒ぎがして部屋に飛び込んだのです。すると、死装束でいるではありませんか。あわてて取り押さえ、わけをきくと、約束の時刻に綾菊と示し合わせて心中することになっていたというのです」

与右衛門は厳しい顔になって、

「与之助を取り押さえることは出来ましたが、翌日吉原の『大浦屋』に様子を見に行かせると、綾菊が亡くなったことを知りました」

「綾菊は心中を決行してしまったのですか」

「はい。表向きは急病で亡くなったということになっておりました」

情死の場合、もし男が生き残った場合は死罪、女が生き残った場合は日本橋の晒場《さらしば》に三日間晒しの上、非人の手下に落とされるのだ。

「なぜ、廓のほうじゃ自殺を隠したんでしょうねえ」

「世間体もありますが、心中だとあとあと面倒だと思ったのでしょう」

確かに、お役人の検死だとか、部屋の畳は新調しなければならず、その座敷の改築などの負担もばかにならない。稼ぎ手の遊女を失った痛手の上に、そのような費用がかかるのではやりきれない。だから、自殺を隠し、病死として届け出たのだろう。

「遊女の亡骸は粗菰にくるまれて浄閑寺に運ばれることを知って、与之助はぜひ亡骸を引き取りたいと言い出しました。そんなことは出来ません。ですから、せめて髪の毛だけでもと思い、知り合いの若い者に亡骸から髪の毛だけを切って持って来るように頼んだのです」

「ほう。じゃあ、浄閑寺に運ばれた綾菊の亡骸から髪の毛だけを持って来たってわけですね」

「はい。しばらくは仏壇に置いて、供養をしておりました。ところが、前々から約束をしていた娘と見合いをさせたところ、お互いが気に入り、与之助も綾菊のことはすっかり忘れたように元気になりました。それで、髪の毛を庭に埋めてしまいました。ところが、それから亡霊が与之助にとりつき出しまして」

最初は本所の妙見堂に行ったときに綾菊に似た女を見掛け、その夜、庭に綾菊の霊が現れ、また朝起きたら足元に与之助が綾菊に贈った櫛が落ちていた……。そういうことを、与右衛門は沈んだ声で話した。

最後まで聞き終えてから、佐助は平助に目を向け、

「おめえから何かきいてみてえことはあるか。あるならきいたほうがいい」

「へい、親分。それじゃ」

平助は膝を進めた。

「髪の毛を切り取りに行かせたという知り合いの若者とは誰なんですかえ」

「紙漉き職人の坂吉と常七です」

「ふたりとも信用のおける男なんですかえ」

「まあ、博打《ばくち》好きな男ですが、約束はちゃんと果たす男でした」

「ふたりは吉原にはよく出かけているんですかえ」

「素見者《すけんもの》です。ですから、毎日のようになかをぶらついておりました」

「じゃあ、綾菊の顔は知っているんですね」

「はい。何度も見かけていると言っていました」

「廓内の事情にも通じていたんでしょうか」

「そうです。だから、あの者に頼んだのです」

「ちょっと、そのふたりに話を聞いてみたいのですが」

「それが……」

与右衛門は戸惑いの色を顔に浮かべた。

「何か」

「じつはふたりとも亡くなりました」

「亡くなった?」

佐助が覚えず生唾《なまつば》を呑み込んだ。

「どうして亡くなったんでえ」

「田町の岩五郎《いわごろう》親分の話では、坂吉は酔っぱらって山谷堀で溺《おぼ》れ、それから三日ほどしてから常七が首を括《くく》ったってことです」

「事故に自殺か」

「岩五郎親分はそう仰《おつしや》っておいででした」

「妙だな」

佐助はふたりとも奇妙な死に方をしたのが不可解だった。

「川田屋さん。だいたいの事情はわかりやした。与之助さんに逢わせていただけやすか」

「はい」

与右衛門は立ち上がって、どうぞと言った。

先に立った与右衛門のあとについて、奥の部屋に向かった。

「与之助、入りますよ」

部屋の前で言い、与右衛門は障子を開けた。

「佐平次親分が来て下さった」

与右衛門に続いて部屋に入った。

与之助は半身を起こした。

「佐平次親分」

与之助は虚ろな目をくれた。

目の下に隈《くま》が出来、頬もこけていて、窶れた様子が見てとれた。

「事情は大旦那から伺いやした。で、ちょっと若旦那からも話をお聞きしてえんで」

「はい。なんなりと」

「情死の日、綾菊がほんとうに約束を果たすということは確かめたのですかえ」

「はい。その日、いつもやって来る文使いが綾菊の手紙を持って来てくれました。そこに今夜必ずと書かれておりました。ですから、私も必ず決行すると返事をいたしました」

「文使いは誰なんですね」

「市助さんです」

佐助は頷いてから、

「若旦那は庭に立っていた女の顔をはっきり見たのですかえ」

「はい。はっきり見ました」

「綾菊に間違いなかったのですかえ」

「間違いありません。あれは綾菊でした」

「綾菊が現れたという庭に案内してもらえませんか」

「はい」

与之助は静かに立ち上がった。

縁側に立った与之助は欅の樹の辺りを指さした。

「あの樹の横に立っていました」

佐助と平助がその場所に行った。

草木が踏みつけられたような形跡もあるが、はっきりしない。そこからすぐの所に裏口があり、裏手から太い閂《かんぬき》がかけてあった。

平助はその閂を調べた。それから、平助はすぐ横手にある石灯籠《いしどうろう》を見た。さらに塀際に沿って樹を見ていく。

佐助はただ調べる格好をしているだけで、実際は平助が調べているのだ。

それから四半刻（三十分）後、『川田屋』を辞去した。

店から少し離れてから、

「兄い、何かわかったか」

と、佐助は小声できいた。

「石灯籠に足をかけた形跡はなかった。だが、少し離れたところにある松の樹の枝が折れていた。それから、裏口の門は開けた跡がある。それが幽霊と関係があるかどうかはわからねえ。それより」

と、平助は続けた。

「妙だな。その夜だとしたら月はなく、この庭は真っ暗なはずだ。どうして顔がわかったんだろうか」

「幽霊だからか」

佐助は背筋に冷たいものが走った。

「坂吉と常七が妙な死に方をしている。兄い、これは祟《たた》りなんじゃねえのか」

佐助は怯えたように言う。

「何をばかなことを」

次助が笑った。

「でも、変じゃないか。綾菊の亡骸から髪の毛を持って来たふたりが死んで、与之助は綾菊の亡霊を見たんだ。偶然とは思えねえ」

「確かに、偶然にしては出来過ぎている。ともかく、田町の岩五郎って岡っ引きに会って、坂吉と常七のことをきいてみよう」

馬道《うまみち》から日本堤に向かう。

すっかり夜になって、料理屋の軒行灯に明かりが灯《とも》っている。

浅草田町は日本堤に沿って東西に細長く延びた町だ。江戸城修築のさいの砂利採集場だったので、並びの浅草山川町と共に俗に砂利場と呼ばれた。

自身番に寄り、岩五郎の住いを訊ねた。袖擦稲荷《そですりいなり》の近くだという。

そこに行ってみると、岩五郎の家は日本堤に上がる途中にあった。吉原通いの客目当ての一杯呑み屋をしていた。

留守かもしれないと思いながら中に入ってみると、まだ暖簾《のれん》を出す前で、店の中は誰もいなかった。

だが、ひとの気配に気づいたのか、奥から女房らしい小肥《こぶと》りの女が出て来た。佐助の顔を見て、目を見張っている。

「あっしは長谷川町の佐平次と申しやす。岩五郎親分さんのお宅はこちらで」

「あれえ、おまえさまが佐平次親分ですか」

と、女は小娘のように恥じらい、

「やっぱし、噂通りのいい男だこと」

いっとき、もじもじしてから、奥に向かった。

「おまえさん。佐平次親分ですよ」

そう言う声が聞こえて来た。

しばらくして、四十年配の男が奥から出て来た。名前のようにごつい顔をした男だ。体も岩のように頑丈そうだった。

「おまえが佐平次か。なかなかの評判じゃねえか」

岩五郎は口許を歪め、大きな目でじろじろ眺めてきいた。

「へい。お初にお目にかかりやす」

佐助は下手に出た。

「ひとの縄張りまでしゃしゃり出て来て何をしようって言うんだ。場合によっちゃ勘弁ならねえぜ」

最初から喧嘩《けんか》腰《ごし》なのは、女房が佐平次を褒めちぎっていたからに違いない。

「そうじゃねえんで。じつは紙漉き職人の坂吉と常七のことで、親分さんに話を伺いたいんです」

「坂吉と常七のことだと」

岩五郎は陰険そうな目を細めた。

「へえ。ふたりとも死んだと聞きやした。どんな様子だったのか、それを聞かせていただきたいと思いまして」

「まあ、出よう」

そう言い、岩五郎は先に外に出た。

表に、次助が立っていたので、岩五郎はびっくりしたようだ。

「あっしの子分の次助です。こっちは平助」

難しい顔をし、岩五郎は何も言わずに日本堤への坂を上って行った。

辺りは真っ暗だ。だが、吉原通いの客を案内する船宿の男衆の持つ提灯《ちょうちん》の明かりがいくつも揺れて遠ざかって行く。

左に行くと吉原へ、右は山谷の船宿だ。いわゆる土手八丁と呼ばれるところだが、岩五郎は右に折れた。

山谷堀の向こうに田圃が広がり、大川を遡《さかのぼ》っていった先に千住大橋が望める。

船宿のだいぶ手前で足を止め、岩五郎は川っぷちに下りた。

佐助たちが追いつくのを待って、

「坂吉はここで溺れ死んだんだ。小便をしようと川っぷちに行って、酔っていたので足を滑らせて落っこっちまったんだ」

「小便をするのに、わざわざここまで下りて来たんですかえ」

佐助は小首を傾げてから、念のためにきいた。

「坂吉は酔っていたそうですねえ」

「そうだ。坂吉の死体が見つかったあと、常七がこう言っていた。前の晩、ふたりで馬道の一膳飯屋《いちぜんめしや》で酒を呑んで、五つ（八時）過ぎに別れたって言うんだ」

「ふたりの住いはどこなんですね」

「坂吉は山川町、常七は花川戸だ」

山川町は日本堤を大川のほうに向かい、山谷橋の手前にある町だ。

「馬道から長屋に帰らず、坂吉はここまで来たってわけですか」

「そういうことだ。酔っぱらっていて道を間違えたのかもしれねえ」

「吉原通いの客は通っていなかったんでしょうかねえ」

「まあ、いても気にならなかったんだろうぜ」

「いっしょに呑んでいた常七が首を括って死んだってことですが？」

「うむ。坂吉が死んでから塞《ふさ》ぎ込んでいたそうだ」

「塞ぎ込んでいた？」

「そうだ。仲のよかった相棒に死なれ、寂しかったんだろうぜ」

「親分」

平助が口をはさんだ。

「事件に巻き込まれた可能性はないんですかえ」

「坂吉や常七には殺される理由なんかねえ」

坂吉と常七が投込み寺で遊女の亡骸から髪を切って来たことを、岩五郎は知らないのだ。

「ふたりで何かやっていたんじゃねえですかえ」

「そんなことは知らねえ」

岩五郎ははなから坂吉と常七のことには興味がないようだった。

「常七はどこで首を括ったんですかえ」

「佐平次」

岩五郎がごつい顔を近づけた。

「おめえ、なぜ、ふたりのことを調べているんだ?」

「そいつは……」

佐助は迷った。

綾菊の件を持ち出すわけにはいかなかった。川田屋が坂吉と常七に死体から髪を切って持って来るように頼んだなどとは言えない。

「まあいい」

岩五郎はそれ以上の追及をしなかった。

佐助はほっとした。

「こいつはおめえへの貸しということにしておこう。いいな、佐平次」

「へい」

「じゃあ、俺は行くぜ。おっと、常七が首を括ったのは聖天《しょうてん》さまの裏手の銀杏の樹だ」

岩五郎はそう言って駆け足で土手を上がって戻って行った。

草いきれがむっとした。船宿から賑《にぎ》やかな声が聞こえて来た。

第二章　祟り

一

弥三郎《やさぶろう》は切見世《きりみせ》女郎のおろくの差し出した長煙管《ながギセル》を腹這《はらば》いのまま口にくわえた。背中には匕首《あいくち》で斬《き》られた傷が残っている。その傷を、おろくがいとおしそうに手でなでた。

吉原廓内《かくない》の羅生門河岸にある切見世『牡丹屋《ぼたんや》』の二階の部屋だ。切見世は短時間の客を相手にする安見世である。

「最近、小蝶《こちょう》の顔を見ねえが、病気でもしたのかえ」

弥三郎はおろくに水を向けた。

二十八歳の弥三郎は目つきが鋭く、頬骨《ほおぼね》が突き出て、凄味《すごみ》のある顔をしていた。

「さあ、また、どこかに流れ落ちたんじゃないかしら」

おろくは口許《くちもと》に冷笑を浮かべた。目が細く、鼻の穴も大きい。豊満な体と若さだけが取り柄のような女だ。

「これ以上、落ちるところなんてあるのか」

「ふん、あんな女」

おろくは敵意を剝《む》き出しにした。

小蝶は大見世の『大浦屋』の遊女だっただけあって、器量のよい女だった。こんないい女が切見世にいるなんて信じられなかった。何らかの事情でこの『牡丹屋』に落ちてきたのだ。

このおろくはどこかの岡場所《おかばしょ》にいたのをここに連れて来られたらしい。

「おまえさん。あの女のことを」

おろくが嫉妬《しっと》深そうに眦《まなじり》をつり上げた。

「まあな。おめえに出会う前はあの女の馴染《なじ》みだったんだ」

この辺りの切見世には客の腕を引っ張り、無理やり見世に引っ張り込む遊女が多いなかで、小蝶はただ静かに黙って客を待っているだけだった。

それでもたいへんな人気だった。が、体が悪いのか、ときたま商売を休んだ。何度も当てが外れたことがある。そんなときに、強引にこのおろくに腕を引っ張られたのだ。

その後、何度来ても、小蝶は休んでいるのだ。

仕方なく、弥三郎はおろくを敵娼《あいかた》にしているが、小蝶を忘れたわけではない。

「あの小蝶がどうしてここに来たか、知っているのかえ」

おろくが含み笑いをして言った。

「どうしてだ?」

意味ありげな言い方に、弥三郎は体を起こした。

「なんだい、その顔は? やっぱし、おまえさんは小蝶のほうがいいんだね」

「そうじゃねえよ」

「ふん、隠さなくていいよ。誰も、小蝶目当てだったからね」

おろくはすねた。

「小蝶はどうしてここに来たんだ?」

弥三郎はおろくの腕をつかんだ。

「痛いじゃないか」

「すまねえ。で、どうなんだ。なんで、小蝶はここに落ちて来たんだ?」

小蝶はこんな切見世にいるような女ではなかった。病気でもしてここに落とされたのかと思ったが、小蝶から病的な雰囲気は少しも感じなかった。

歳《とし》を食い、売れなくなった遊女が切見世に落ちて来ることはあるが、小蝶はまだ若い、稼げる女だ。そういう女がここに来たからには楼主からよほど恨まれたからに違いない。

それは、おそらく男のことで何か問題を起こしたからだろうと、弥三郎は想像していた。

「間夫《まぶ》と何か問題を起こしたのだろうと察しているが」

「その間夫って誰だと思うのさ?」

「そこまでわからねえ」

おろくはふんと鼻で笑い、

「『大浦屋』の亭主だよ」

と、言い放った。

「なに、亭主だと」

「そうさ。『大浦屋』の亭主と出来ていたのさ。それを、内儀《おかみ》さんに知られて、ここに落とされたらしいよ」

「楼主や廓《くるわ》の若い者は抱え遊女と通じるのを禁じられているんじゃねえのか」

「そうさ。だから、こんなところに落とされたのさ」

「亭主のほうはそのままか」

「まあ、内儀さんと一悶着《ひともんちゃく》あったかどうかは知らないけど、ばかを見るのは女のほうだろうね」

「なるほど」

「でもね。ここに落とされたあとでも、裏茶屋で秘《ひそ》かに会っていたらしいよ」

「なに、亭主と小蝶がか」

「そう。あたしは一度見たんだ。ふたりが裏茶屋に入って行くのをね」

揚屋町や京町の裏通りに裏茶屋という男女の密会の場所があった。吉原では客と芸者の色事を禁じているが、こっそり逢瀬《おうせ》を楽しむ場所が裏茶屋の二階であった。

「それも見つかったってことか」

「さあ。見つかりそうになって、また小蝶をどこかに隠したのかしら。だから、小蝶はもうここには戻って来ないよ。お生憎《あいにく》さまだったねえ」

しかし、弥三郎は他のことに思いを向けて、返事をしなかった。

ふんと、おろくは横を向いたが、すぐに顔を戻した。

「何を考えているんだい」

おろくの声は尖《とが》っていた。

「別に」

「嘘《うそ》。小蝶のことを考えているんだろう」

「そんなことはねえ」

「いやだよ。あんな女のことなんか忘れておくれ」

おろくがしがみついてきた。

弥三郎は頬のこけた顔を歪《ゆが》めて、おろくの手を引き離した。

「おい、なんとか小蝶の行方を突き止められねえか」

「やっぱし、おまえは」

「痛え」

おろくが今度は弥三郎の首にかじりついてきた。

「落ち着け。そうじゃねえ。金になる」

「金だって?」

「そうだ。おそらく、小蝶は『大浦屋』の楼主にどこかへ匿われているに違いねえ。そこでだ、その行き先を調べ上げ、大浦屋を威《おど》すのさ。金になるぜ」

「そうかしら」

「あたりまえだ。しちゃいけねえことをしているんだ。これがおおっぴらになってみろ。困るのは『大浦屋』だ」

「そうだね」

おろくは気のない返事をした。弥三郎は構わず続けた。

「おそらく、ここの亭主が何か知っているはずだ。それとなく、聞き出すんだ。もちろん、口止めされているだろうからほんとうのことは言うまい。だが、なにか手掛かりになるようなことを漏らすはずだ」

迷っているふうのおろくに、

「おめえを身請け出来るだけの金が手に入るかもしれねえぜ」

と、餌《えさ》を投げつけるように言った。

「身請けだって?」

「そうさ。そしたら、おめえは俺の女房になるんじゃねえか」

「ほんきかえ、おまえさん」

おろくの目が輝き出した。

「ほんきだとも。だから、しっかり、小蝶の行き先を調べるんだ。いいな」

「わかったわ」

上気したおろくの顔がだんだん疎ましく思え、弥三郎はちっと舌打ちした。

弥三郎は浅草田圃を突っ切った。吉原の明かりがだんだん遠ざかって行く。蛙《かえる》の鳴き声がする。星が流れた。ふいに、またも急激に虚《むな》しさに襲われた。最近はときたま、このようなやり切れない気持ちになるのだ。

大工職人の修業の辛《つら》さから親方の家を飛び出して、弥三郎は深川や湯島の盛り場をうろつき、数年前から浅草に流れてきた。

浅草奥山に縄張りを持つ親方のところに顔を出し、楊弓《ようきゅう》場や水茶屋、露店などから用心棒代を取り立てて来る仕事をもらっている。

だが、稼いだ金はほとんど博打《ばくち》につぎ込んだ。博打と喧嘩《けんか》の明け暮れだった。若いころはおもしろおかしく生きていけばいいと思って来た。だが、最近、このままではろくな死に方をしないと思うようになった。それは、昔の仲間が匕首で刺され、本所の掘割に浮かんでいたという話を聞いてからだった。

博打のいざこざがあったらしいが、その男の死にざまはまさに俺のこの先の姿のように思えたのだ。

こんなことを考えるのも二十八になり、三十路《みそじ》に近づいたせいかもしれない。やくざな生き方に疲れて来たのかもしれないが、弥三郎にはこのような生き方しか出来ないのだ。

浅草阿部川町《あべかわちょう》の裏長屋、甚兵衛店《じんべえだな》の木戸を抜け、狭い路地に入る。もうどの家も明かりが消え、眠りについているのだろう。

路地の奥にある小さな稲荷の祠《ほこら》の前に人影を見つけた。二軒隣に住むおしのという娘だ。

十五歳で、目のくるりとした丸顔の娘だ。熱心に拝んでいるのは父親の怪我《けが》の回復だろう。屋根葺《ふ》き職人の父親幸助《こうすけ》は仕事中に突風に煽《あお》られて屋根から落ち、もう半年近くも仕事が出来ない状態らしい。

弥三郎が家に入ろうとしたとき、おしのが立ち上がった。

おしのは弥三郎に会釈をして自分の家に向かった。誰もが弥三郎を恐れ、敬遠するが、あの娘と弟の太助《たすけ》だけはふつうに接してくれる。

ふと、温かいものを感じながら、弥三郎は誰もいない土間に足を踏み入れた。いつもは冷え冷えとする家の中だが、今夜は気が滅入《めい》ることはなかった。

二

神田須田町《すだちょう》にある一膳飯屋《いちぜんめしや》に入って行くと、めずらしく茂助《もすけ》が飯台を掃除していた。

「あれ、父っつあん、何をしているんだ?」

「おう、佐平次か。見ればわかるだろう、飯台を拭《ふ》いているのよ」

茂助は鉢巻きをした顔を向けた。

「いつから店の手伝いをするようになったんだ?」

「他にすることがないものでな」

この一膳飯屋は茂助の女房がやっている。岡《おか》っ引《ぴ》きをやめてからしばらく経《た》ち、茂助は暇を持て余していた。

「よし。終わった」

そう言い、茂助が襷《たすき》を外した。

「さあ、こっちへ来な」

居間に上がり、茂助は長火鉢から煮たっている鉄瓶を取り、茶をいれてくれた。

「すまねえ。父っつあん」

「なあに。いいってことよ」

茂助は相好を崩した。

佐助たちが顔を出してくれるのが一番の楽しみだと、いつも言っているのだ。

「井原の旦那《だんな》は元気か」

急須《きゅうす》から湯飲みに茶をいれながら、茂助がきいた。

「あまり旦那に会っていないのかえ」

佐助は不思議そうにきいた。

「いや。この前会ったんだが、相当落ち込んでいたんでな。で、気になったんだ」

「へえ。あの旦那が落ち込むことってあるんですかえ」

佐助は信じられないようにきく。

「父っつあん。ひょっとして女のことだな」

平助が口をはさんだ。

「まあな」

茂助がにやにやしている。

「なるほど。悪い女にひっかかった旦那を、父っつあんが間に入って丸く治めた。そういうわけだったんですね」

「おい、平助。おめえ、知っていたのか」

茂助があわてた。

「いや。だけど、井原の旦那のことだ。大方そんなことだろうと思いましたぜ」

平助は表情を変えずに答える。

「相手はどんな女だったんですね」

佐助がおもしろがってきく。

「俺の口からは言えねえよ。佐平次には黙っていてくれと頼まれているんだからな。ところで、きょうの用事はなんでえ」

茂助は苦笑し、

「なにしろ、おめえたちは、何か用事があるときしか顔を出さねえからな」

「へえ。でも、きょうは父っつあんの顔を見に寄ったんですよ。まあ、ついでにちときたいこともあったんですがね」

「まあいい。そのききたいことってのは何だ?」

佐助は少しためらったが、

「じつは、幽霊騒ぎがありましてね」

と、真顔で切り出した。

「なんでえ。そんな真面目《まじめ》くさった顔で幽霊だなんて」

茂助が噴き出しそうになった。

「父っつあん。それがほんとうなんでえ」

佐助が夢中で訴える。

茂助は平助に顔を向けたが、平助の厳しい顔を見て笑みを引っ込めた。

「詳しく話してみな」

「へえ。こいつは口外しねえように言われているんで、男のほうの名前は勘弁してくれ」

そう断り、佐助はかい摘《つま》んで話した。

茂助は黙って聞いていたが、だんだん顔つきが変わって来た。

「じゃあ、『大浦屋』の綾菊って遊女が相手が死ぬのをやめたのを知らずに自害した。そのことで化けて出たってわけか」

「へい、そうなんで。ただ、『大浦屋』の楼主は、綾菊の死を病死として処分したらしいんで。それで、その楼主から綾菊の死んだときの様子を聞いてみたいんですよ」

「だが、病死として処置しているんだろう。今さら、自害だったとは認めねえぜ」

「そりゃわかっているんですが、ただ幽霊騒ぎが起きているとなると黙って見過ごすわけにもいかねえんで」

「そうか。だが、俺はあいにくと吉原に顔はきかねえな。廓内は田町の岩五郎の縄張りだ。こいつは日本堤や五十間道《ごじっけんどう》で挙動不審者を見張っているんだ。この男に頼むしかねえだろうな」

「田町の岩五郎ですかえ」

岩のようなごつい顔の岡っ引きを思い出し、佐助はため息をついた。

「おや、岩五郎を知っているのか」

「へえ。じつは」

と、佐助は坂吉と常七のことを話した。

「その調べをしたのが岩五郎親分ですよ。なんだか、長蔵親分に似て、ずいぶん横柄な男でした」

「いや。あれで案外、気のいいところもあるんだ」

「そうですかねえ」

「それより、坂吉と常七という男の件は妙だな」

「そうなんでえ。岩五郎はてんから事故と自殺と思い込んでいます。それはいいんですが、岩五郎親分は縄張り内でこそこそされるのがお気に召さないようでして」

「そうかえ」

茂助が顔をしかめ、

「奴に頼みづらければ、あとは……。まあ、こうなったら井原の旦那を頼るしかねえ」

「井原の旦那ですかえ」

佐助はつい気乗りしないように呟《つぶや》いた。

「どうした、旦那に頼むのがいやそうじゃねえか」

茂助が不思議そうにきいた。

「じつは、今武家屋敷を狙《ねら》っている盗人の探索をしている最中でしてね。吉原のことを頼めば、よけいな真似《まね》はするなとお冠りになるのが目に見えているんですよ。なにしろ、あの旦那は自分の手柄のことしか考えねえんで。でも、わかりやした。旦那に頼んでみやす」

「おう、そうしろ。たしか、面番所にやって来る隠密廻《おんみつまわ》りの同心と屋敷が近所で親しくしてもらっていたはずだ」

「そうしやす」

そう言って、佐助は腰を浮かせた。

「おいおい、もう行っちまうのか」

茂助があわてて言う。

「これから井原の旦那を探して吉原に行ってみようと思っているんですよ」

翌日の昼下がり。日本堤を左に折れて、衣紋《えもん》坂を下る。大門まで五十間あるところから五十間道。この道を佐助が歩くのははじめてだ。

わざわざそんな場所に遊びに行かなくても、女に不自由しないということもあったが、引手茶屋を通して遊女屋に揚がらねばならないのが面倒だった。もちろん、中見世や小見世は茶屋を通さずに直《じか》に遊女屋に揚がる、いわゆる素揚がりだが、それより、今は深川の芸者と遊んだほうが面白い。

きのう茂助の家を出てから、町廻りをしている伊十郎の行き先の見当をつけて、米沢町の自身番で待っていると、やがて伊十郎がやって来た。

おそるおそる切り出すと、案の定、顔色を変えた。しかたなく、伊十郎に綾菊の件を話した。亡霊の話を伊十郎はばかにしたように聞いていたが、怒り出すことはなく、俺も出向くからと、この時間を指定したのだ。

五十間道の突き当たりに黒塗り板葺きの冠木門《かぶきもん》。

「これが大門か」

と、佐助は見上げた。

この大門の左側に面番所がある。町奉行所の隠密廻りの与力と同心が出張してきて見張っている。

面番所の向かい側に、ひとの出入りを見張る四郎兵衛《しろべえ》会所《かいしょ》がある。

面番所に入って行くと、すでに井原伊十郎が来ていて、畳にあぐらをかいて顔色の浅黒い侍と話していた。

「旦那。ただいま、参りやした」

佐助は伊十郎に声をかけた。

「おう、来たか。犬飼《いぬかい》さん。今、お話しした佐平次です」

伊十郎が浅黒い顔の侍に言う。

「噂《うわさ》に聞いておる。なるほど、水も滴るとは、そのほうのような者を言うのであろう」

犬飼という同心は感心したように言ってから続けた。

「佐平次。『大浦屋』の楼主は鶴八《つるはち》といい、三十半ばの男だ。知っていると思うが、楼主は忘八《ぼうはち》と言うのだ。ようするに当たり前の人間の感情など持ち合わせていたら、こういう仕事は出来ねえ。そういうことを頭に入れて、会うんだ」

「へい。ありがとうございやす」

「おう。岩五郎。『大浦屋』まで案内してやれ」

「へい」

隅からごつい顔が現れた。

結局、岩五郎の世話になることになったようだ。伊十郎は居残ったままだった。

岩五郎は首が太く、肩幅はやけに広い。ちょっと異様な体型だ。それだけに威圧感があった。

面番所を出てから、

「佐平次。てめえ、坂吉と常七のことで何か隠しているんじゃねえのか」

と、岩五郎は射るような目を向けた。

「いや、そうじゃねえ。じつは『大浦屋』にあっしの知り合いの娘が勤めているんですよ。その娘が病気で、出養生しているっていうんで、様子を知りたくてね」

「ほう、おめえの知り合いだと？　なんて名だ？」

疑わしそうに、岩五郎はきいた。

「へえ。じつの名をおさと。源氏名は綾糸《あやいと》と言うそうで」

「綾糸か。ありゃ、いい玉だってんで鶴八は喜んでいたそうだ。確か、ここんとこ、休んでいるってことだが」

じろりと佐助を睨《にら》み、

「まさか、おめえは綾糸の間夫だってんじゃねえだろうな」

と、唇を歪めた。

「違うぜ、岩五郎親分」

佐助は次助を気にしながら言う。

夜見世まで時間があり、仲の町の通りも閑散としている。

江戸町一丁目にある『大浦屋』の前にやって来た。二階建ての総籬《そうまがき》の大見世である。

「ちょっと待っていろ」

岩五郎が土間に入って行った。

横にある紅殻格子の中に遊女が何人か並んでいた。まだ、客をとる時間ではないので、単なる顔見せだけのようだ。その中にいる遊女たちが佐助に熱い視線を送ってきた。

岩五郎が佐助を呼びに来た。

佐助は暖簾《のれん》を潜《くぐ》った。使用人たちが忙しく立ち働いており、通り掛かった女が佐助に気づいて立ち止まった。

あっと言う間に、女たちの視線が佐助に集まった。二階への梯子段《はしごだん》の途中から遊女たちが佐助のほうを見ていた。

面白くなさそうな顔で、

「おう、こっちだ」

と、岩五郎が正面の内所に案内した。

長火鉢の前で、あぐらをかいている男が鶴八のようだ。三十半ばらしいが、どこか粋な感じのする男だ。

その男の背後の壁に遊女の名札が並んでいる。

鶴八が冷酷そうな目を向け、

「佐平次親分さんですかえ。何か、あっしに用だとか」

と、あぐらをかいたまま言った。

「お初にお目にかかりやす」

佐助は鶴八の冷たい視線を受け止めた。

「綾糸と知り合いだそうですが、いくら親分だからと言って、綾糸に逢《あ》わせるわけにはいきませんぜ」

鶴八は先回りして言った。

「出養生していると聞いたんだが？」

「じきよくなりやしょう。馴《な》れない場所に来て疲れが出ただけですからね」

「それにしても、ふた月にもなるってのはふつうじゃねえのでは？」

「これからの稼ぎ手ですからね。大事をとっているんですよ。体を万全にしてもらってから商売をはじめてもらおうと思っているんですよ」

鶴八は大声で言う。

そのうちに、岩五郎は黙って出て行った。それを待って、佐助は身を乗り出した。

「じつは、ほんとうに聞きたいのは綾糸のことじゃねえんだ」

佐助は小声できいた。

鶴八は警戒ぎみに表情を固くした。

「この前、急死した綾菊のことだ」

「綾菊だと」

鶴八の目が鈍く光った。

「亡くなったときの様子を教えちゃもらえますまいか」

「なぜ、そんなことを？」

「じつは妙な噂があってね。綾菊は病気じゃねえ。ほんとうは自害だったという話があったんだ」

鶴八の顔色が変わった。

「親分。どこで、そんな話を？」

「あるところだ。で、どうなんだね」

「親分、綾菊は急な心の臓の発作で亡くなったんですよ。朝から具合が悪いと、身揚がりをして自分の部屋に閉じこもっておりやした。新造《しんぞう》が夜中に様子を見に行ったときにはもう息がなかったんですよ」

　鶴八は平然と言う。

「綾菊の亡骸《なきがら》はどうしたんですね」

「浄閑寺に埋葬しました」

「綾菊はお職を張った妓《おんな》じゃなかったんですかえ。一番の稼ぎ手だ。そんな女にしてはずいぶんひどい仕打ちだったようですねえ。じつは、綾菊が粗菰《あらこも》にくるまれて浄閑寺に投げ込まれたのを見たという者がいるのだ」

　鶴八は苦々しい表情で、

「親分さん。綾菊が自害だと言っているのは、田原町にある『川田屋』じゃありませんかえ」

　と、窺《うかが》うように上目遣いできいた。

「ほう。どうして、そう思うのだ？」

「綾菊は『川田屋』の若旦那の与之助と遊女と客以上の仲になっておりました」

「そうだ。与之助からすべて聞いた」

腕組みをし、鶴八は目を閉じた。が、すぐに目を開き、腕組みを解いた。

「正直に申しやしょう」

鶴八は口を開いた。

「あの夜、夜中に新造が綾菊の様子を見に部屋に入ったところ、綾菊は短刀で喉《のど》を刺して絶命しておりやした。迷惑をかけてすまないという書置きがありましたが、覚悟の自害であり、時間を約束しての情死であることはすぐにわかりやした」

鶴八は口許を歪め、

「自害されるとこっちがどんなに損害を被るか。働き手の遊女を失ったうえ、部屋の新調もしなければならず、検死のために時間もとられる。幸い、ひとりでの自害でしたので、急遽《きゆうきよ》病死として処置したのでございます。もし、これが」

鶴八は目を細め、

「相手の男が死んだのならともかく、自殺を思い止《とど》まったと聞きました。それでしたら、綾菊を病死にしたほうが、先方もよいだろうと思いました」

鶴八は居住まいを正し、

「親分さん。どうぞ、私どもの苦衷《くちゆう》をお汲《く》みくだされ」

と、哀願した。

「いや。あっしはそのことをどうのこうのと言うつもりはねえ。ただ、ほんとうのことを知りたかっただけですぜ。平助、何かききてえことがあるか」

親分らしい言葉づかいで、佐助は平助の意見を求めた。

「へい。旦那」

待っていたように平助は一歩前に出た。

「今の話は、面番所でも承知のことなんですかえ」

「八丁堀の旦那方にもお含みおきいただいております」

「じゃあ、岩五郎親分も与之助とのことを承知なんですね」

「まあ、そういうことです」

「そうですかえ。わかりやした」

平助はそれだけで引き下がった。

「ところで、与之助が綾菊の亡霊に悩まされていることを知っていますかえ」

「亡霊？」

鶴八は怪訝《けげん》そうな顔をした。

「そうですぜ。与之助はすっかり怯《おび》えている」

「そんなばかな」

鶴八は顎《あご》に手をやった。

「綾菊にしたら自分は自害したのに、与之助は死ななかった。約束を破ったと恨みは強いのではないのか」

鶴八は首を横に振った。

「それから、もう一つ。紙漉《かみす》き職人の坂吉と常七という男が浄閑寺に投げ込まれた綾菊の亡骸から髪の毛を持って来たんだ。ところが、このふたり、続けて妙な死に方をした。このことを知っていたかえ」

「いや、知りません」

「そうですかえ」

もう訊《たず》ねることもないので、佐助は引き上げることにした。

「お邪魔しやした」

佐助は踵《きびす》を返した。

『大浦屋』を出たところで、岩五郎がどこかの廓の若い者と笑いながら話していた。

「おう、佐平次。終わったか」

「へい。待っていてくだすったんですか」

「まあな。さあ、面番所に戻ろうじゃねえか」

「岩五郎親分。せっかく来たんですから、ちと見物していきてえんで」

「なに、見物だと。江戸者のくせに吉原も知らねえとは」

小馬鹿にしたような笑みを浮かべ、

「じゃあ、俺は先に行っている。おめえたち勝手に歩き回ってこい。面番所に寄れよ。旦那方も待っているからな」

そう言い、岩五郎は面番所に向かった。

「なんだか、威張っているのか、親切なのか、わからねえな」

次助が岩五郎の去って行く後ろ姿を見ながら呟いた。

佐助たちは反対方向に歩き出した。

揚屋町の路地を入り、途中通りがかりの酒屋の小僧にきいて、文使いの市助の家がわかった。

朝と晩、遊女屋に顔を出し、遊女の文を届けたり、買物をしてやったりして金を稼いでいる男だ。

戸障子を開けると、ちょうど出かけるところなのか、五十年配の男が土間に下り立とうとしていた。

「市助さんだね」

「へい」

市助は警戒ぎみに目を細めた。見知らぬ男がいきなり現れたからか、それとも身形《みなり》から岡っ引きと察したからか。

「あっしは北町の旦那から手札をもらっている佐平次という者だが、『大浦屋』の綾菊のことでちと教えて欲しいことがあるんだ。出かけるところをすまねえが、ちょいといいかえ」

平助も狭い土間に入って来た。

市助は小さくなって腰を下ろした。

「おまえさんは綾菊と『川田屋』の与之助との文の使いをしていたそうだが、それに間違いはねえかえ」

「へえ。確かに、何度か文の使いをしたことがあります」

「そんなとき、文の中身を読んだりはしねえのか」

「とんでもねえ。そんなことはしねえ。預かったものはそっくりそのまま渡す」

「そうか。で、死の当日も、綾菊に頼まれて文を与之助に届けたということだが、間違いはないかえ」

「へえ。確かに、あの日、文を預かりました」

「そのとき、どこかふだんと変わった様子はなかったのかえ」

「へえ」

市助は困ったような顔をした。

「綾菊の死のことは『大浦屋』の鶴八から聞いた。だから何を言っても心配ねえ」

市助は顔を上げ、

「綾菊さんは最後の文のとき、いつもいろいろありがとうって言って酒代を弾んでくれやした。なんだか、別れの挨拶《あいさつ》のようだと思ったものです。与之助さんの様子も変でした。ひょっとしたらと、いやな予感がしましたが、まさかと」

「じゃあ、あとで綾菊が死んだと知ったときは？」

「はい。綾菊さんは自害したのだと思いやした。与之助さんと情死したのだと。でも、あとで与之助さんは無事だったそうで、いってえどうなっているのかと不思議に思っていたところです」

「文使いをしているから他の遊女とも顔なじみだろうと思うが、他の遊女たちは綾菊のことをどう言っているんだね」

「薄々自害だったということはわかっているようでした」

「綾菊付きの振袖新造《ふりそでしんぞう》や禿《かむろ》は何か言っていたかえ」

「楼主に口止めされているんでしょう。何も言いやしません」

「そうだろうな」

その他、いくつかきいてから、

「出かけるところをすまなかった。これから仕事かえ」

「へえ。遊女屋に顔を出して、文を預かってきやす」

外に出てから、歩きはじめたとき、ふと目つきの鋭い遊び人ふうの男が歩いて来るのとすれ違った。

途中、振り返ると、その男は市助の家に入って行った。二十七、八ぐらいの頬のこけた鋭い顔つきの男だ。

そこから面番所に戻ると、そこで伊十郎たちが酒盛りをしていた。料亭から取り寄せたらしいうまそうな料理が並んでいる。

「おう、佐平次。おめえたちもご相伴に預かれ」

伊十郎がいい気持ちになっていた。

「四郎兵衛会所の差し入れだ。俺の友達が来ると言ったら、すぐに届けてくれたのだ。さあ、遠慮するな」

犬飼という隠密同心が笑って言う。

この犬飼という同心は吉原に遊びに来た大店《おおだな》の旦那のような雰囲気の男だが、どこか尊大なところがあった。どうやら、奉行所の威光を笠《かさ》に着て、楼主たちから酒をせびっているのに違いない。

岩五郎もいい気持ちになっていた。

「佐平次。こっちへ来て座れ」

伊十郎が箸《はし》を使いながら言う。

「旦那。佐平次がこんな酒を呑《の》んじゃまずいでしょう」

佐助が耳元で囁《ささや》くと、伊十郎はいやな顔をした。

「あっしたちはこれから用がありますので、これで失礼しやす」

佐助が犬飼に断って、面番所を飛び出した。

「あの旦那もいい気なもんだ」

佐助が呆《あき》れ返ったように言ったが、誰からも返事がない。次助が深刻そうな顔で押し黙っており、平助も何か思いに耽《ふけ》っているようだった。

次助がおさとのことを考えているのは明らかだった。ひと月以上も養生しているというのはよほどの病ではないのか。

佐助もおさとの容体は気がかりだった。

三

入谷にある西国寺で御祓《おはら》いの読経をしてもらい、与之助は付き添ってきた年増《としま》の女中おかねと共に山門を出た。

下谷山伏町《やまぶしちょう》を抜け、道の両側に寺の並んでいる一帯に差しかかったとき、頭に黒い小さな頭巾《ずきん》をかぶり、柿《かき》色の鈴懸《すずかけ》を着、腰に錫杖《しゃくじょう》をつけ、金剛杖《こんごうづえ》をついた山伏がやって来るのが目に入った。

髭面《ひげづら》で眼光が鋭い。山伏の後ろから白衣の若い男がついて来る。だんだん近づいて来た山伏の目が自分に当てられているような気がして、与之助は薄気味悪かった。

俯《うつむ》いて足早になった。が、すれ違いざま、その山伏が、

「あいや、待たれい」

と、声をかけた。

与之助はぎょっとして足を止めた。

迫った。

「そなたに物の怪《もののけ》がとりついておる」

念珠をわがねて金剛杖を持った手をぐっと突き出し、山伏は目を剝いた恐ろしい形相で迫った。

与之助は足が竦んだ。

「ほんとうだ」

「ほんとうでございますか」

「ど、どうしたらよいのでしょうか」

しかし、山伏は何も答えず、踵を返すとさっさと歩いて行ってしまった。

「行者さま」

女中のおかねがあわてて山伏を追った。

顔から血の気が引くのがわかった。西国寺で御祓いの読経を受けたにも拘《かか》わらず、綾菊の霊はまだ与之助にまとわりついているようだった。

「若旦那」

おかねが心配そうに顔を覗《のぞ》き込んだ。

「だいじょうぶだ」

与之助がやっと声を出した。

与之助はよろけるように歩き出したとき、背後から駆けて来る足音を聞いた。そして、「もし」と後ろから声をかけられた。

立ち止まると、さっと与之助の前にまわって来たのは白っぽい着物の若い男だ。さっきの山伏の後ろにくっついていた男のようだ。

若い男は声をひそめて、

「お呼び止めして申し訳ありません。私は天寿坊《てんじゅぼう》さまの使いの者でございます」

「天寿坊さま？」

「はい。熊野で修行をされた修験僧の天寿坊さまでございます。じつは最前、あなたさまの顔を見て、怨霊《おんりょう》にとりつかれている。このままでは命を危うくしかねない、と心配されておりました」

「おう、さきほどの行者さまが天寿坊さま」

おかねが口をはさんだ。

「さようでございます。いたくご心配されておりました」

「どうしたらよいのでしょうか。ぜひ、天寿坊さまにお教えを」

与之助も言う。

「そのことで、私が使いを頼まれて参りました。天寿坊さまが仰《おつしや》るには、祈禱《きとう》をして怨霊を立ち去らせねばならない。もし、祈禱を受けるお気持ちがあれば、祈禱をなして進ぜようということでございます」

「ぜひ、お願いいたします」

与之助もおかねも縋《すが》るように言った。

「わかりました。ただし、これは秘密の祈禱をしなければならないとのこと。決して他のひとに話してはいけません。祈禱をしていることをたとえ親であろうと知られた時点で祈禱の効き目はなくなるということです。お約束出来ますでしょうか」

「わかりました、約束します」

与之助は生唾《なまつば》を呑み込んで言う。

「わかりました。では、今宵《こよい》の夜五つ（八時）に、日本堤下の西方寺の山門に来ていただけますでしょうか。私がお待ちして、天寿坊さまの庵《いおり》までご案内申し上げます」

「夜五つに、西方寺山門ですね。わかりました。必ず、お伺いいたします」

「どうか、くれぐれも他のお方には気取《けど》られぬように」

男はおかねにも念を押してから離れて行った。


その夜、与之助は女中のおかねに見送られて『川田屋』を出た。

やはり、綾菊は許してくれない。それにしてもなんと執念深いのだ。

田原町から雷門を通り、花川戸に出る。この道は奥州街道で、道の両側にすし屋やそば屋、そして料理屋などが並んでいる。

五つ前に与之助は西方寺山門に立った。辺りは真っ暗だ。草いきれがする。隣は浅草山川町で、その向こうに日本堤の土手がある。

山谷堀の船宿から吉原通いの客の賑《にぎ》やかな笑い声が聞こえてきた。

お寺の前にいることが与之助を落ち着かなくさせていた。このお寺は三ノ輪の浄閑寺と共に多くの遊女が埋葬されているのだ。

「お待たせしました」

昼間の若い男が音もなく近づいて来た。

与之助は男の案内で、山川町の土手下にある庵のような場所に案内された。

祈禱をする場所だというのでしめ縄があったり、どこか変わったところがあるのかと思ったが、ふつうの家のようだ。ただ、香が焚《た》かれていて、あまい匂《にお》いが漂っている。

薄暗い部屋に上がると、行灯《あんどん》の明かりにきのうの山伏が座っているのが見えた。その後ろには祭壇の代わりなのか、経机が一つ。その上で線香が煙を立てていた。

「行者さま。どうか、怨霊を退治していただきとうございます」

与之助は畳に額をこすりつけて頼んだ。

「わしの修行がどこまで通じるかわからんが、やるだけはやって進んぜよう」

山伏は経机に向かい、なにやら呪文《じゅもん》のようなものを唱えはじめた。小さい声で早口なので何を言っているのか聞き取れない。

（綾菊、許してくれ）

手を合わせ、聞き取れない呪文を聞いているうちに、冷たい風が吹き込んでいるのに気づいた。

廊下側の障子が少し開いていて暗い廊下が見えた。目を戻そうとしたとき、ふと与之助の目に白い物が飛び込んだ。

廊下のくらがりに誰かが座っているのが見えた。女だった。俯いていた女が顔を上げた。

与之助は夢心地に女の顔を見た。

「ひぇえ」

喉にひっかかった声を出した。

「綾菊……」

与之助は覚えず飛び上がった。が、足がよろけて崩れ落ちた。

天寿坊の声が一段と高くなった。

「よくも裏切っておくれでありんす。花魁《おいらん》は口惜しゅうありんす」

うらみがましく言い、綾菊が涙を拭《ぬぐ》った。

与之助は腰が抜けて動けなかった。

「天寿坊さま」

与之助は呼びかけたが、喉が詰まって声が出ない。天寿坊は夢中で呪文をとなえている。

「ぬしさま。今からでも、どうぞ私の傍《そば》に来てくれなさりんせ。のう、与之助さま」

陰に籠《こ》もった声が与之助の耳に轟《とどろ》いた。

「綾菊。許してくれ」

与之助は畳に突っ伏した。

畳を擦る音が徐々に近づいて来た。与之助は一瞬気が遠くなりそうになった。

四

朝餉《あさげ》のあと、のんびり茶を飲んでいると、格子戸が乱暴に開く音が聞こえた。その開け方で、誰がやって来たのかすぐにわかった。

次助が大きなため息をついた。やがて、井原伊十郎が居間に入って来た。

「おう、佐平次。妙なことになったぜ」

伊十郎はいきなり言った。

「なんですね。妙なことって」

佐助はわざと気のないように湯飲みを持ったまままきいた。

またどこかの武家屋敷から何か盗まれたのだろうと思っていると、伊十郎は思いもよらぬことを言った。

「『川田屋』の与之助が死んだぜ」

えっと、驚いた拍子に、湯飲みから茶がこぼれた。あわてて、佐助は湯飲みを置き、手拭いで膝《ひざ》を拭く。

「与之助が死んだってほんとうですかえ」

書物から顔を上げて、平助がきいた。

「ほんとうらしい。死んだのは昨日の夜だ」

「なんで死んだんですね」

佐助は与之助のひ弱そうな顔を思い出した。

「短刀で喉を掻《か》っ切ったらしい」

「殺しですかえ」

「いや。どうやら自分で喉を切ったらしい」

「自害?」

「詳しいことはわからねえ。ただ、与之助の親たちは綾菊の祟《たた》りだと言っているそうだ」

「まさか」

冷たい風が吹きつけたように、佐助は寒気を覚えた。

「旦那」

平助がきいた。

「なんだ?」

「こんな早い時間にどうして『川田屋』のことが旦那の耳に入ったんですかえ」

「いいじゃねえか、そんなことどうでも」

伊十郎はあわてたように言う。

「旦那。襟が汚れていますぜ。ゆうべは帰っちゃいませんね」

目敏《めざと》く見つけ、佐助は伊十郎を冷たい目で見た。

「酒の匂いはしねえが、化粧の匂いがする。ということは女の所に泊まった。そういうことですね」

「おう、佐平次。てめえ、俺に喧嘩を売るつもりか」

「旦那」

平助がまた呼びかけた。

「旦那は、吉原の面番所に詰めている犬飼という同心といっしょに吉原でうまい汁を吸って来たんじゃねえでしょうね」

「ば、ばかな。何を言いやがる」

伊十郎は狼狽《ろうばい》した。

「『大浦屋』の楼主の鶴八は綾菊の自害を病死にした。そのことで面番所の同心たちも口裏を合わせた。さし詰め、鶴八から付け届けがあったんでしょう。旦那もそのおこぼれにあずかった。そうじゃないんですかえ」

「旦那。じゃあ、『大浦屋』に揚がったんで？」

次助が目を剝いてきいた。

「何を言うか。そんなことするか。それより、武家屋敷を荒らしている盗人の探索はどうなっているんだ。早く何とかしろ。品物を取り返す期限が迫っているんだ」

伊十郎が逆襲した。

「ちっ、せっかく教えに来てやったのに」

ぶつぶつ言いながら、伊十郎は引き上げて行った。

日頃の鬱憤《うっぷん》を少し晴らしたが、与之助が死んだことを思い出し、急に胸が塞《ふさ》がれそうになった。

長谷川町の家を出て、まっすぐ田原町に向かった。

『川田屋』は取り込み中だ。

与之助の亡骸は居間の逆さ屏風の前に安置されていた。小机の上に線香が煙を上げ、茶《ちゃ》碗《わん》に盛られたご飯に箸が立ててある。

与之助の傍で、『川田屋』の内儀と弟の与吉が泣き崩れていた。

「いったい、どういうわけで?」

佐助は隣の部屋に移ってから、川田屋に訊ねた。川田屋は目の下に隈《くま》が出来て憔悴《しょうすい》しているのがわかった。

「きのうの夜、与之助はひとりでこっそり出かけました。それきり、木戸の閉まる時刻になっても帰って来ません。心配していると、女中頭のおかねが、若旦那は行者に祈禱してもらうために出かけたというのです。おかねが言うには、昼間すれ違った山伏が、与之助にとりついている物の怪を取り除いてやると言ったそうです」

川田屋は何度も声を詰まらせながら話した。

「西方寺の山門に呼びつけられたと、おかねが言うので、そこに店の者を連れて行きました。でも、そこからどこへ行ったかわかりません。途方にくれて、自身番に縋りました。

するとそう言えば山伏を見た、と番人が言い出し、その家に行ってみました。

そこは廃屋になっているということでした。そこで、与之助が喉を刺して死んでいたのでございます」

川田屋は嗚咽《おえつ》を洩《も》らした。

「そこに行者は？」

「誰もいませんでした」

「短刀はそこに落ちていたのですかえ」

「はい。鞘《さや》もありました」

「その短刀は与之助さんのものですかえ」

「いえ。違います。与之助はそんなものを持っていません」

それから田町の岩五郎や奉行所から検死の役人がやって来た。そして、明け方になって、与之助の亡骸をここに運んで来たのだと言う。

「検死の役人は自害だと言ったんですね」

佐助は確かめた。

「はい。自分で喉を突いた傷だと……。綾菊の霊にとりつかれ、与之助の心は弱っていたのです」

「おかねという女中さんから話を伺いたいんですが」

「はい。呼んで参りましょう」

川田屋は近くにいた女中に、おかねを呼ぶように言った。

目を泣き腫《は》らした年増の女がやって来た。

「おかねさんだね」

「はい」

おかねはまだ涙声だった。

「このたびはとんだことだった。さぞ、力落としだろう。辛いだろうが、少し話を聞かせてくれ」

「こんなことになるなんて」

「西国寺からの帰りに、山伏とすれ違ったそうだね。顔を覚えているかね」

「髭面で、目は大きく、怖そうな顔をしていました。そうそう、天寿坊と連れの男が言っていました」

「天寿坊か」

「はい。その天寿坊がすれ違いざまに、若旦那の顔を見て、物の怪にとりつかれていると怖い顔で言ったのです」

「物の怪と言ったのか」

「はい。そう言われて、若旦那はすっかり怯えてしまいました。そのあとで、天寿坊さまの使いの若い男が若旦那を追って来て、祈禱をしてあげると言ったのです。それで、今宵五つに西方寺の山門で待つようにと。ただし、誰にも言ってはならぬ。言えば、祈禱は失敗すると強く言うので、私は旦那さまにも言えませんでした。それがこんなことになってしまって……」

おかねは泣き伏した。

おかねが落ち着くのを待って、佐助はきいた。

「与之助さんが自分で死んだと思いますかえ」

「信じられません。嫁御をもらいなさるというときに」

またも、おかねは込み上げる嗚咽をこらえた。

それから、佐助は山川町の廃屋に行った。

いったん西方寺の山門に立ち、与之助が辿《たど》ったであろう道を日本堤に向かった。その土手下が目指す廃屋だった。

雨戸は開けっ放しにしてあって、陽光が部屋に射《さ》し込んでいる。その陽光が、畳の上の黒い染みを浮かび上がらせていた。血の跡だ。

「なんだかぞっとするな」

与之助が自害した場所だと思うせいか、佐助は身内が震えた。

「兄い。山伏はどうしたんだろう」

山伏がいなくなっていることが解せない。

「祈禱がきかずに、綾菊の亡霊が現れた。その山伏はしっぽを巻いて逃げたんじゃねえのか」

次助の声も震えを帯びていた。

夜はこの辺りは真っ暗だろう。昼間でもひんやりする場所だった。

「おう。佐平次」

突然、庭から声をかけられ、佐助は飛び上がりそうになった。

「岩五郎親分か」

佐助は上擦った声を出した。

「おめえ、やっぱし、俺に内緒で動きまわっていたな。『川田屋』の与之助と綾菊とのことを隠していやがった」

「いや、そうじゃねえ。幽霊の話を持ち出しても信じてもらえねえと思ったんだ」

佐助は言い訳をする。

「岩五郎親分。で、どうなんですかね。やはり、幽霊の仕業で？」

平助が助け船を出すように口をはさんだ。

「幽霊かどうかわからねえが、与之助が自分で喉を掻っ切ったのは間違いないぜ。短刀を握って死んでいた。他人の偽装だったら、どこかに不審なところがあるものだ」

岩五郎の言うとおりだと、佐助は思った。とすれば、与之助は綾菊の怨霊に操られたまま自分の喉に短刀を突きつけたというのだろうか。

「岩五郎親分も、綾菊の亡霊に取り殺されたのだと思いますかえ」

「わからねえ」

「でも、山伏はどうしたんですかねえ。まさか、山伏まで亡霊にとりつかれたんじゃ……」

「いや。山伏はここにはいなかったんだ」

「いなかった？」

「そうだ。与之助は何かの見えない力に引き寄せられてここにやって来て自殺したのだ」

「しかし、『川田屋』の女中が山伏の使いの者の話を聞いていたんですぜ」

「だが、与之助がひとりでここに来てしまった。まあ、亡霊の仕業かどうかは別として、夢の中にいるようにわけのわからないままに足が向いたのじゃねえか」

「与之助は短刀を持っていなかったそうですぜ。誰かが持って来たんじゃねえですかえ」

「うむ。それだ」

とたんに岩五郎は厳しい顔になった。

「じつは、あの短刀を『大浦屋』の楼主に見せたんだ。そしたら、綾菊のものだと言っていた」

「なんだって」

佐助はぞっとした。

「いったい誰が綾菊の短刀を持ち出したのか」

岩五郎が深刻そうな顔で続けた。

「この家だが、一年前に廃屋になったが、それまでに浪人者が住んでいたんだ。その浪人は廓内のある遊女と割りない仲になり、とうとうその遊女は足抜けしてここまで逃げて来たんだ」

「まさか、ふたりは情死？」

佐助は先走ってきいた。

「そうだ。追手につかまるか、逃げ果《おお》せても生活など出来やしない。最初からふたりで死ぬつもりでの足抜けだったようだ。吉原の者が駆けつけたときにはふたり仲良く死んでいたそうだ」

佐助は声が出なかった。

「与之助は綾菊の亡霊に取り殺されたのかもしれねえ」

岩五郎はそう言ったあとで、

「まあ、女の執念の凄《すさ》まじさだ。ここは、坊主にお経をあげてもらうことになっている。そういうわけだ」

ふと気がつくと、陽《ひ》が翳《かげ》っていた。さっきまで明るい陽光が射していたのが嘘のように部屋の中は暗く、そして冷気が襲い掛かってくるような感じだった。

岩五郎も同じように思ったのか、急にそわそわしだした。

「佐平次。俺は先に引き上げるぜ」

岩五郎につられたように、佐助たちも外に出た。だが、平助だけが暗い部屋の中をまだ見回していた。

　岩五郎が去ったあと、佐助は平助に呼びかけた。

「平助兄い。なにしているんだ？」

　平助は這いつくばって畳に目を近づけている。

　平助が何かをつまみ上げたように見えた。

　やっと平助が出て来た。

「兄い。なんだい、それは？」

「灰だ」

「灰？」

「祈禱のときに燃やしたのだろう。つまり、あそこに山伏の祭壇らしきものがあったに違いない。しっぽを巻いて逃げたなら、わざわざ祭壇を片づけて行くはずはない」

「じゃあ、どういうことで？」

「わからねえ。あそこで何があったかわからねえが、天寿坊という山伏を探してみる必要はあるぜ」

「わかった。それより、早くここを出よう。なんだか薄気味悪い」

　佐助は泣き言をもらした。

　外に出たとき、突然空が暗くなった。

「いけねえ。降って来たぜ」

いきなり大粒の雨が降り出した。

「また、さっきの家に戻るんだ」

「えっ、冗談じゃねえ」

「濡《ぬ》れちまう。にわか雨だ。すぐ通り過ぎる」

平助に言われ、渋々またいわくつきの廃屋に入った。薄暗く、廊下の奥に何かいるような錯覚に陥り、佐助は覚えず声を上げそうになった。

五

本所の旗本屋敷の中間部屋《ちゅうげんべや》で連夜、賭博《とばく》が開かれている。弥三郎は今夜も顔を出していた。

肌脱ぎの壺《つぼふ》振りがさいころを壺に入れて振った。

さっきから負け続けていて、弥三郎は最後の勝負を半と張った。

中盆《なかぼん》が「半方、ありませんかえ」と半方に賭《か》け増しをするように呼びかけた。盆蓙《ぼんござ》の周りに賭け客がたくさん並んでいた。

職人体の男が真剣な顔つきで半に賭けた。丁半同額になった。

「勝負」

中盆が声を発した。

弥三郎は壺振りを見た。

盆蓙に伏せた壺に目をやって、弥三郎は固唾《かたず》を呑んだ。壺振りがゆっくり壺を開けた。

「二ゾロの丁」

ちくしょうと、弥三郎は唸《うな》り声を発した。

弥三郎は盆蓙から離れた。

「ちょっと頭を冷やしてくる」

誰にともなく言い、弥三郎は外に出た。

ちくしょう、面白くねえ、と胸をかきむしりたくなった。こんな日は引き上げたほうがよさそうだと屋敷の裏門を出た。

商人ふうの男が虚《うつ》ろな顔であとから出て来た。足取りも頼り無い。有り金をとられたようだ。

「お互い、目が出なかったな」

弥三郎は自嘲《じちょう》気味に声をかけた。

「はい。ついてないときは何をやってもだめですねえ」

男が暗い声を出した。

「まあ、おめえさんは商人のようだから、地道に働くことだ。手慰みはほどほどにしな」

弥三郎はがらにもないことを言った。同じ素寒貧《すかんぴん》同士という仲間意識が働いたのかもしれない。

「そうですねえ」

男は気のない返事だ。

吾妻橋に向かう弥三郎と反対の道に男は曲がった。

「おい、おめえ、だいじょうぶか」

弥三郎は声をかけた。

「何がですかえ」

弥三郎は自殺でもしかねないような恐れを抱いた。

「だいぶ気落ちしているようだからだ」

「首でもくくると？」

「そうだ」

「いえ、そんな真似はしやしません。ありがとう存じます」

頭を下げて、男は去って行った。

弥三郎も踵を返して吾妻橋に向かうと、後ろからいきなり声をかけられた。

「兄い」

眉《まゆ》をひそめ、弥三郎は振り返った。

職人体の男が近寄って来た。

「おや、おめえは？」

「へい。さっき、盆蓙でいっしょだった長太《ちょうた》って言いやす」

「その長太が何の用でえ」

「へい」

長太は弥三郎に並んで歩きながら、

「じつは前々から賭場《とば》で見かけていた兄いに相談に乗ってもらいたいことがあったんでえ。今夜、思い切ってこうして声をかけたってわけで」

「だから、どんな用だってきいているんだ」

弥三郎はいらだった。

「兄い。待ってくれ。順を追って話さなきゃわかってもらえねえが、簡単に言ってしまえば、うまくいけば金になる話だと思ってくんねえ」

「金だと?」

弥三郎は心が動いた。

「よし、話を聞こうじゃねえか」

そう言って弥三郎は辺りを見回し、この先に寺があるのを思い出し、そこに向かった。

「おめえ、どこに住んでいるんだ?」

「馬道です」

「じゃあ、橋を渡ればすぐじゃねえか」

「へえ、さいです」

「何をしている?」

「へい。『おしん』っていう小料理屋で板前をしています」

「ほう、板前か」

「小料理屋って言ったって、汚い店です」

長太は弥三郎より三つか四つ年下のようだ。

寺の前に出て、その山門をくぐり、とば口にある石灯籠《いしどうろう》の脇に立った。

「よし、おめえの話を聞こう。話によっちゃ、手を貸してやってもいいぜ」

この男は何か金になるものをつかんでいるのだと、弥三郎は期待した。

「へい。じつはあっしが板前をしている小料理屋の常連に常七という紙漉き職人がおりやす。この男、二十日ほど前に首をくくって死にました」

「ちっ。縁起でもねえ話を」

「待ってくれ。話はこれからだ。その常七は千住の親方のところに通っていますが、常七の兄貴分に坂吉という職人がおりました。この坂吉もうちの小料理屋の常連です。で、ふたりで酒を呑んでの帰り、川にはまって死んでしまいました。常七の死ぬ三日前です」

長太は続けた。

「坂吉の弔いのあと、うちの店に寄った常七があっしに妙なことを言うんです。もし、俺に万が一のことがあったら廓内の『大浦屋』の楼主の仕業だと思ってくれと」

「なんだと『大浦屋』だと」

『大浦屋』の楼主と通じていたため小蝶は切見世の『牡丹屋』に落とされたのだ。その

『大浦屋』の名が出て、弥三郎は身を乗り出した。

「ただ、そのわけをきいても答えちゃくれませんでした。それからしばらくして、今度は常七が首をくくって死んじまった」

「常七の恐れが的中したわけだな。すると、常七の死に『大浦屋』の楼主が絡んでいることになるんだな。いや、坂吉の死も怪しいな」

　こいつは面白くなってきやがったと、弥三郎はにんまりした。

「常七の言葉を信じれば、そうなります。ただ、常七は理由を何も語っちゃくれませんでした。ですから、迂闊《うかつ》にこっちも動けねえでいたんです」

「うむ。それで」

　弥三郎は先を急《せ》かした。

「常七の言葉が気になっていたんですが、そのままになっておりやした。ところが、つい先日、山川町の廃屋で、田原町にある紙問屋『川田屋』の若旦那が自害したんです」

　長太は表情を曇らせ、

「ところが、その自害について妙な噂が流れておりやした。『川田屋』の若旦那は綾菊っていう花魁の亡霊に取り殺されたって言うんです」

「綾菊？」

「その綾菊は『大浦屋』の抱え遊女でしたが、三月の半ばに死んでいるんです。世間には病死ということになってますが、ほんとうは自害したんだという噂が流れております。つまり、綾菊と若旦那は情死をしようとしたんですが、綾菊だけ死んで、若旦那は生き延び、おまけに嫁をもらうことになった。それで、綾菊の亡霊が若旦那にとりついたってことです。若旦那はほんとうに亡霊に悩まされていたそうですぜ」

「なるほど」

弥三郎は覚えずほくそ笑んだ。

「『大浦屋』は綾菊の自害を病死にして届けたってわけだな。だが、坂吉と常七はどう関《かか》わっているんだ?」

「そいつがわからねえんで。ただ、ふたりは何らかの事情で、綾菊が病死でなく自害だったことに気づいたんじゃねえでしょうか」

「どういうわけで知ったのか」

考えたが、思い浮かばない。

「まあ、いい。長太さんよ。面白い話を聞かせてもらったぜ。よし、手を貸そう」

「ありがてえ」

「馬道だと言っていたな。二、三日したらおめえのところに顔を出す。それまで、おめえも坂吉と常七が何をしていたのか探ってくれ」

「わかりやした」

吾妻橋を渡ってから花川戸から山谷堀のほうへ向から長太と別れ、弥三郎はそのまままっすぐ雷門の前を通り、下谷に向かった。

途中、田原町に差しかかり、紙問屋の『川田屋』の前を通った。戸締りをなし、ひっそりとしていた。

六

佐助は加持祈禱の看板が出ている家に入って行った。ここは下谷坂本町である。『川田屋』の女中おかねが下谷山伏町の辺りで天寿坊という山伏に会ったというので、その近辺に住いすると見当をつけたのだ。

熊野や吉野の山岳で修行したという修験者が各町で祈禱所を開いている。

佐助が声をかけると、衝立《ついたて》の陰から巫女《みこ》の姿をした女が出て来た。向こうに護摩壇が見えた。

「ちとききたいのだが、こちらに天寿坊という行者はいるかえ」

「いえ。天寿坊なるものはおりませぬ」

「そういう名前の山伏に心当たりは？」

「いえ。ございません」

「そうか。熊野で修行したということだったが」

「私どもも熊野でございます」

「流派が同じでも知っているとは限らないな」

手掛かりはなく、佐助は祈禱所を出た。

もっと先に行ったのかもしれないと、三ノ輪から根岸のほうまで足を伸ばしてみた。その間に、二軒の祈禱所があったが、別人であり、また天寿坊を知らなかった。また、往来で商売をしている者に訊ねても、天寿坊らしき山伏を見かけたという返事はなかった。

陽射しは強く、汗が噴き出してくる。疲れただけのようで、だんだん次助の足取りが遅くなっていた。

これでは、今夜も腰揉《こしも》みをさせられそうだなと、佐助は首のまわりの汗を拭いた。

再び、入谷のほうに戻って来たとき、次助が落ち着きをなくしてきた。

「次助兄い。どうしたんだ?」

佐助は訝《いぶか》ってきいた。

「いや、なんでもねえ」

次助が不機嫌そうに顔を背けた。

「疲れたのか。どっかで休もうか」

「次助」

平助が声をかけた。

「『大浦屋』の寮だな」

平助の声に、次助は泣きそうな顔で頷《うなず》いた。

「そうか。『大浦屋』の寮は入谷だったな。よし、兄い。探してみよう」

佐助は朝日弁財天までやって来た。その周囲を池が囲んでいる。

ここから池の辺《ほとり》を眺めれば、いくつかの寮らしき建物が見つかった。その一つに見当をつけて近づいてみたが、高い塀と閉ざされた門のために中の様子を見ることが出来なかった。

通りかかった商家の内儀ふうの年増にきくと、確かにそこが『大浦屋』の寮だった。

「この中におさとさんがいるんだな」

次助が塀を見上げて言った。

「おさとさんは病気で苦しんでいるんじゃないだろうか」

「よし。次助。医者を探してみよう。往診に来ている医者を見つけるんだ」

その医者を見つけるのはわけはなかった。

近くの自身番に行き、詰めていた家主が『大浦屋』の寮に出入りしている医者を教えてくれた。

貝原順安《かいばらじゅんあん》という流行《はや》り医者で、三ノ輪に屋敷があった。

夕暮れに差しかかっていたが、薬をもらう患者が外まで並んでいた。

佐助も四半刻《しはんとき》（三十分）ほど待たされてから、ようやく髭面の貝原順安と会うことが出来た。

「『大浦屋』の寮で養生をしている綾糸という花魁の容体を知りたいのですが、教えてはくれませんか」

佐助は頼んだ。

「御用の筋ですかな」

「いいえ。そうじゃありません。じつは、幼馴染《おさななじ》みの妹でして。ふた月ばかしも出養生しているると聞き、あまりに長すぎるじゃねえかと心配になりまして」

「そうですか。噂にお聞きする佐平次親分の頼みでもありますし、よろしいでしょう。あの花魁は気の病でございます」

「気の病？」

「さよう。体にはどこも悪いところは見当たりません。気の病でございます。何を悩んでいるのか、そのことを口にしようとしません。それが回復を遅らせているようですな」

「悩んでいることがわかれば、よくなると？」

「はい。なります。ただ、私にも心を開きませんので、なかなかよくなりません」

「わかりやした。ありがとうございました」

佐助は丁寧に礼を言い、辞去した。

「いったい、何を悩んでいるのだろうか」

佐助が次助の顔色を窺った。

「客をとらされ、そのことで悩んでいるんだ」

次助が痛ましげに言ったが、それきり、黙りこくってしまった。ただ、ときおり、次助の口からため息がもれた。

その夜、次助が疲れているはずなのに、腰を揉めと催促しなかった。考え事をしているようだった。むろん、おさとのことを考えているのはわかっていた。

ふとんに入っても、次助が寝つけないのがよくわかった。何度も寝返りを打っている。おさとのことで、次助も心を痛めているのだ。

翌朝、佐助はふいに目を覚ました。平助が身支度をしている気配が伝わって来る。次助の大きないびきが聞こえる。眠れずに悶々《もんもん》としていたようだが、いつの間にか寝入ったらしい。

佐助は身を固くして耳に神経を集めた。

平助が勝手口から出て行ったのがわかった。目を開けて、仰向《あおむ》けになった。まだ部屋の中は真っ暗だ。

平助兄いは今朝も木戸番に潜《くぐ》り戸を開けてもらって行徳河岸《ぎょうとくがし》手前まで向かうのだろう。あの二階家だと、佐助は前回の尾行のときのことを思い出した。

微《かす》かに東の空がしらみかけているが、まだ暗く、ひとっ子一人いない人形町通りを南に平助は行った。町木戸は閉まっていたが、薬師さまの願掛けだと偽り、木戸番に潜り戸を開けてもらった。やがて葭町《よしちょう》を抜けて親父《おやじ》橋の手前で左に折れて、小網町三丁目にやって来た。

その町の路地に入って、平助の姿は消えた。だが、二階の障子に人影が差した家を見た。

あの家だけに明かりが灯《とも》っていた。

佐助は最近になって不思議に思っていたことがあった。平助は家にいるときはいつも書物を熱心に読んでいた。

同じものを何度も読み返しているはずはない。もちろん、別の書物だ。だとすると、その書物は相当な数になっていなければならない。では、平助はいつどこから書物を手に入れて来るのだろうか。

これまで佐助は平助の書物を覗いたことはない。なにやら難しそうな本を読んでいると思っていただけで、どのような種類の本かは考えたことがなかった。

ひょっとして、あの二階家で会う人間から書物を借りていたのではないか。そう思ったのだ。

いつのまにかうとうととし、目が覚めたときは平助も戻っていて、おうめ婆さんが朝餉の支度をしていた。

平助をみると、やはり今までとは別の本を持っていた。

朝餉をとりはじめた。温かいご飯につけもの。味噌汁《みそしる》が湯気を立てている。

次助が赤い目をしていた。寝不足のようだ。それでも、ご飯をお代わりした。悩みと食欲は次助に限っては関係ないのかもしれない。

食事の後片付けをして、おうめ婆さんが引き上げた。また夕方にやって来るのだ。

佐助は濡れ縁に出て庭を眺めた。平助には平助の道が、次助には次助の生き方があるのだ。

俺にはいったい何があるのだろうかと、佐助は考えた。俺は今や佐平次親分という虚像の中で生きている。今の俺はほんとうの俺ではないのだ。

平助兄いや次助兄いがいてはじめて佐平次親分を演じることが出来る。もし、ふたりがいなくなれば、俺は佐平次をやっていられないだろう。

佐平次に執着があるわけではない。確かに、佐平次親分として人々から崇《あが》められるのは気持ちのいいことだ。それに捕物の仕事も嫌いではない。

だが、そのために平助や次助を子分として縛っておくことは本意ではない。ふたりには進みたい道を歩んで欲しい。

佐平次をやめた俺に尊敬の目を向ける者は誰もいなくなるだろう。葭町の芸者小染《こそめ》にしても、佐平次に惚《ほ》れているのであって佐助にではないのだ。

そう考えると、自分が惨《みじ》めになってきた。

「どうした佐助」

平助に声をかけられ、佐助ははっと我に返った。

「おっ母さんのことでも思い出していたか」

次助がやさしい眼差《まなざ》しを向けた。

「なんでもない。なんでもないよ」

佐助は涙声になっていたのに気づかなかった。

「そうか、なんでもないか」

平助が横にやって来た。

「きょうも暑くなりそうだな」

平助が空を見上げた。

「よし、出かけるか」

佐助も元気よく立ち上がった。

七

翌日の夕方、弥三郎は吉原大門をくぐり、昼見世の賑わいの中を、羅生門河岸に向かった。

まっすぐ『牡丹屋』に入り、おろくに手を引かれて梯子段を上がった。

それから四半刻（三十分）後、弥三郎が腹這いになると、おろくが長煙管に火を点《つ》けて差し出した。

「おまえさん。小蝶はどうやら『大浦屋』の主人が連れ出したらしいよ」

おろくはもう女房気取りだ。

「やっぱし、そうか」

弥三郎は浮かべた笑みをすぐ引っ込め、

「どうしてわかったんだ？」

「遣《や》り手の婆さんにそれとなくきいたら、ここの旦那が『大浦屋』の楼主から小判でいくらかもらっているのを見たんだって。そのあと、小蝶は病気だからって旦那に言われたらしいよ」

「なるほど」

『大浦屋』の楼主は抱えの小蝶といい仲になった。だが、内儀に見つかり、小蝶は『牡丹屋』に売り飛ばされた。

ところが、楼主は小蝶が忘れられずに『牡丹屋』から買い戻し、どこかに囲った。そういうことだろうと、弥三郎は睨んだ。

「この廓内のどこかで小蝶を囲っていやがるんだな。その場所を突き止められたら、『大浦屋』からいくらでも金を引きだせるかもしれねえぜ」

先日、文使いの市助を訪ね、小蝶のことをきいた。『大浦屋』にいた頃、小蝶は市助に文を頼んでいたはずなのだ。

しかし、市助は『牡丹屋』に落ちたあとのことは知らないと答えた。だが、どこかに囲われているにしても、しょっちゅう『大浦屋』の楼主が顔を出すわけにはいかないだろう。その間、小蝶は外にも出られず、家の中でじっとしていなければならないのだ。

じつのところ、弥三郎は小蝶に未練があった。小蝶に会いたいのだ。もちろん、それ以上に金も欲しかった。今、だいぶ博打の借金があるのだ。

「そうそう、『大浦屋』の綾菊って花魁を知っているか」

「綾菊は死んだんだろう。病死って聞いているけど」

「そう、病死ってことになっている」

やはり、自害ということは隠されているようだ。

「少し、威してみるか」

弥三郎は立ち上がった。

「あれ、もう行っちゃうのかえ」

「これから『大浦屋』の楼主に探りを入れてみる」

格子縞《こうしじま》の着流しに博多帯をぴしっと締め、弥三郎は部屋を出た。

七つ(四時)を過ぎ、昼見世が終わって、通りも閑散としていた。

江戸町一丁目の『大浦屋』の前にやって来て、弥三郎は大きな二階建ての建物を見上げた。

入口の横には細い紅殻格子が組まれている。遊女たちは時間になれば、この部屋に居並ぶのだ。

含み笑いをしながら『大浦屋』を見つめる顔は獲物を前にした猛獣のような凄味があった。

夜見世のはじまるまで間があり、遊客や素見《すけん》の姿もなく、閑散とした通りに、弥三郎の姿はまるで異物のように映った。

笑みを引っ込め、弥三郎は『大浦屋』の入口に向かった。すると、どこからか、下男らしき男が寄って来て、

「お客さん。まだなんですが」

と、慇懃《いんぎん》に遮った。

「ご亭主に用があるんだ。どきな」

弥三郎が押し殺した声で言うと、相手の男は居すくんだように体を引いた。

弥三郎は落ち着いた足取りで間口の広い土間を入った。右手に二階の遊女部屋への梯子段が見えた。

その梯子段の左手にある内所から楼主の女房らしき女が出て来た。小肥《こぶと》りで色白の女だった。

「なんですね」

「内儀さんですかえ。ちょっと、綾菊さんのことでお訊ねしたいことがありましてね」

内儀の細い眉が微かに動き、冷たい目を向けた。

「綾菊はもういませんよ。亡くなりましたからねえ」

「へえ。そいつは知っておりやす。病死ってことでしたねえ。ところで、坂吉と常七という男がこちらに顔を出しませんでしたかえ」

「さあ、そんな名前は聞いたことありませんよ」

「そうですかえ。よおく思い出してくださいよ。旦那に会いに来たふたりの男がいたと思

うんですがねえ」

「知らないものは知りません」

内儀は不快そうな顔をした。

いつの間にか、見世の男衆に取り囲まれていた。腕っぷしの強そうな連中だ。

だが、弥三郎は動じない。

「やい、俺を誰だと思っていやがるんだ」

いきなり諸肌を脱いで、弥三郎はあぐらをかいた。

「へたな真似をすると、こちらさんが困ることになる。それでもいいのか」

男衆は一瞬怯《ひる》んだ。

「あっしはご亭主に会いに来たんだ。ご亭主にとりついでもらおうじゃねえか」

弥三郎が大声を張り上げると、内所から三十半ばぐらいの苦み走った男が出て来た。

「私が楼主の鶴八だ」

弥三郎は居住まいを正し、着物を直した。このへんの呼吸は心得たものだった。

「こちらが旦那さんで。申し訳ありやせん。大声を張り上げて」

鶴八は冷たい目をくれた。

「ここじゃお話がしづらいんですよ。ちょっとつきあっちゃくれませんかえ」

「いいだろう」

鶴八も度胸がすわっている。目顔で、男衆を去らせ、

「ちょっと出かけて来る」

と内儀に言い、草履を履いた。

外に出てから、鶴八はすたすたと先を行き、九郎助稲荷の鳥居の前で立ち止まった。

弥三郎がついて来ているのを確かめてから鳥居を潜った。社務所には誰もいなかった。

鶴八は社殿に参拝してから、振り向いた。

「どのようなことでしょう？」

鶴八は厳しい顔つきで切り出した。

「まず、綾菊さんのことですよ。綾菊は病死でなく自害だったという噂があるんですがねえ。どうなんですね」

「おまえさんに話す必要はない」

「そうはいかねえんですよ。じつはあっしは坂吉と常七の知り合いでしてね。常七から、もし俺が死んだら『大浦屋』のせいだって聞かされていたんですよ。あっしは事を荒立てんの嫌いですから、このまま引き下がっていようとしたんですがねえ。ところが、今度は『川田屋』の若旦那が綾菊の亡霊に取り殺されたって聞きやしてね」

「綾菊の亡霊など出鱈目《でたらめ》だ」

鶴八は口許を歪めた。

「そうでしょうか。綾菊はほんとうは自害したって話じゃねえですか」

「取り合うまでもない話のようだな」

鶴八は顔をしかめ、

「もう二度と顔を出さないでもらおう」

と、強気に出た。

弥三郎はさっきの若い者たちがあとをつけて来たのを知っている。

「旦那。もう一つ話がある。こっちが本題だ。小蝶のことだ」

「小蝶?」

鶴八の顔色が変わった。

「じつはあっしは『牡丹屋』に小蝶さんを目当てに通いつめていたんだが、いつの間にかいなくなっちまった。調べると、旦那が小蝶さんを連れて行ったと言うじゃありませんかえ。だから、旦那にきけば小蝶さんの行方がわかると思いやしてね」

「そうか。小蝶もそこまで思われれば本望だろう」

鶴八は強がっているのだと、弥三郎は相手を舐《な》めきり、

「『大浦屋』にいたんじゃとうてい手が届かなかった。それが、あんな見世にやって来たんですからね。こいつは拾い物でしたぜ。ねえ、旦那。小蝶に逢わせていただけませんかえ」

「おあいにくだったね。私は知らないよ」

鶴八は口許に冷笑を浮かべた。

「そんなはずはねえでしょう。旦那が抱え遊女の小蝶と通じてしまった。それは禁じられ

ているってことじゃありませんかえ」

「おまえさんの言っていることは私には理解出来ないね」

鶴八の目が鈍く光った。

「旦那。あっしも旦那の出方によっちゃ小蝶のことは諦《あきら》めてもいいと思っているんですぜ。それをあの連中を使って黙らせようと言うなら、こっちも覚悟を決めますぜ。あっしは最初から命など捨てている男ですからねえ」

弥三郎は威しをかけた。が、鶴八は薄ら笑いさえ浮かべかねない表情で、

「おまえさんは相手を間違ったようだな。私がそんな威しにのるような男だと思っているのかえ」

身震いするほどの凄味を見せたが、うろたえたりするような弥三郎ではない。

こうやって相手が強気に出たのは、今の弥三郎の説明が真相をついていないことを見抜かれたからだろうととっさに考えた。

わざわざここまで出て来たのは、やはり後ろ暗いことがあったからだ。だが、今の弥三郎の話を聞いて安心したに違いない。そこで、弥三郎は智恵を働かせた。

「旦那がそう出るなら仕方ありませんねえ。今、あっしが話したのは表向きの話。じつは裏があるってことはわかっているんですよ。旦那がそう出るなら、あっしにも考えがありますぜ。なにしろ、何人も死人が出ているんですからねえ」

わざとらしく口許を歪めて思わせぶりを言い、弥三郎は裾《すそ》をつまんで踵を返した。

「待て」

鶴八が呼び止めた。

弥三郎は後ろ向きの顔に覚えず笑みを浮かべた。

「なんですね」

おもむろに振り返る。

「何をつかんでいるのだ。それによっては話に乗ろう」

鶴八は射るような視線を向けた。

弥三郎は苦し紛れに、

「こっちの手の内はすべて話すってわけにはいかねえ」

と、とぼけようとした。

「綾菊の何を知っている?」

「綾菊は病死ではねえ。自害したってことだ。それを坂吉と常七が嗅《か》ぎつけ、旦那のところに行った。そうじゃねえんですかえ。その坂吉と常七が妙な死に方をした」

「なるほど」

少し考えていたが、鶴八はすぐに決心がついたように、

「わかった。いくら欲しいんだ」

と、急に譲歩した。

「ほう、ものわかりがいいんだな。五十両」

「なに、五十両だと？　無理を言うな。三十でどうだ。三十なら、明日、渡す」

「いいだろう」

「浅草山谷町に東禅寺という寺がある。その裏手にある一軒家に、明日の夜五つ（八時）過ぎに……」

「待て。まさか、そこで坂吉や常七のように俺を始末しようとするんじゃねえだろうな」

「そんなことはしない。それに、そこに小蝶がいるのだ」

「小蝶だと？」

「そうだ。おまえの察しのように、そこに小蝶を囲っている」

「ふん。そうだったのかえ。よし。信じよう。もっとも、俺は坂吉や常七とはわけが違う。簡単にやられる男じゃねえからな」

「わかっている」

「よし。ともかく、明日、山谷町に行ってみよう。ことはそれからだ」

弥三郎は踵を返した。

鳥居を出たところで振り返ると、鶴八がこっちを見ていた。

こうなったらあの男に食い込んでやる。弥三郎は覚えず込み上げてくる笑みをこらえながら大門を出た。

だが、衣紋坂の途中までやって来て、弥三郎はふと胸騒ぎを覚えた。やはり、あの鶴八があっさり金を出すと言ったことが解せない。

一筋縄ではいかない男だ。そう簡単に、こっちの威しに屈するとは思えない。坂吉や常七のように始末する気かもしれない。

よし、ためしてやるか。長太の顔を思い出し、弥三郎は口辺に冷笑を浮かべた。

馬道に行き、長太が板前をしている小料理屋『おしん』に顔を出した。まだ店に暖簾は出ていない。仕込み中の長太を外に連れ出し、明日のことを話した。

「よし。わかった」

長太は頷いた。

長太が板場に戻ってから、弥三郎も阿部川町の長屋に帰った。

すると、おしのの家から男の怒号が聞こえた。

「もう何度待ったと思っているんだ。いいか。これが最後だ。あと十日経っても返せねえなら、約束を果たしてもらうぜ」

腰高障子を乱暴に開いて、人相の悪い男がふたり出て来た。

その前に、弥三郎は立った。

「いってえいくら返さなきゃならねえんで」

「なんでえ、おめえは?」

「あっしは知り合いだ。いくらだ?」

「てめえが返すって言うのか。十五両だよ」

「十五両……」

「あと十日だ。それまでに用立てるんだな」

引きつったような奇妙な笑い声を残して、借金の取立ての男が去って行った。

長屋の連中は気味悪がって家の中に引っ込んだままだった。

おしのの家の腰高障子が少し開いていて、おしのの弟の太助が様子を窺っていた。

弥三郎と目が合うと、恥ずかしそうに俯いて静かに戸を閉めた。

十五両か。ふん、俺には関係ねえ話だと、弥三郎は自分の家に向かったが、太助の寂しそうな顔が目に焼きついていた。


翌日の夜になって、弥三郎は長屋を出た。途中で飯を食ってから山谷町に向かえばちょうどいいだろう。

どぶ板を踏んで木戸口を出ようとしたところで、太助と会った。棒手振《ぼてふ》りで、魚を売り歩いているのだ。

「おう、太助。どうだ、稼ぎは?」

「まあまあだ」

「そうか。まあまあなら上等だ」

「弥三郎さん。また、手慰みか」

太助は遠慮なくきく。

「いや。飯だ」

ふと、弥三郎は真顔になり、

「太助。借金を返せなければ姉さんはどうなるのだ?」

「しらねえや」

太助は怒ったように言う。

「金が欲しいか」

「当たり前だ。でも、無理だ」

「いくらあればいいんだ」

「そんなこと言ったって仕方ないだろう。どうせ、呆れ返るだけだからな」

「まあ、言ってみな」

「十五両だ」

「なんだ、それぽっちか」

「ふん。大きいこと言ってら」

太助がおかしそうに笑った。笑うと愛らしい顔になる。

「太助。おめえは笑顔が似合っているぜ」

「俺は男だ。それは女に言う台詞《せりふ》だ」

「きいたふうなことを言うじゃねえか。まあ、俺に任しておけ。博打でがっぽり稼いで、姉さんを助けてやるから」

「弥三郎さん。姉さんが好きなのか。だめだ、弥三郎さんみたいなやくざな人間に姉さんは渡せねえ」

「俺が好きなのは太助、おめえだよ」

太助はまじまじと弥三郎を見つめ、それからつと脇をすり抜けて家に駆け込んで行った。なまいきな口をきくようだが、まだまだ子どもなのだ。

遠い昔の自分を思い出し、胸が切なくなってきた。

それから、途中で腹ごしらえをし、夜五つ（八時）より少し前に山谷橋に着いた。すると、わずかな差で長太がやって来た。

「兄い。待たせたか」

「いや。俺も今来たところさ」

山谷堀の船宿から賑やかな声が聞こえ、日本堤の土手には吉原通いの客を乗せた駕籠《かご》やぶらぶら歩きの客が大勢いた。

弥三郎は橋を渡り、浅草新鳥越町《しんとりごえちょう》から千住に向かう道に入った。

「念のために、もう一度言っておく。東禅寺の裏手にある一軒屋に小蝶という女を訪ねるんだ。その家に『大浦屋』の鶴八が待っているはずだ。弥三郎の代わりの者だと言い、三十両を受け取って来る」

「わかったぜ」

長太は興奮している。

奥州街道沿いにある浅草山谷町に入った。千住宿に遊びに行くのか、ちらほら急ぎ足の男の姿も目に入る。

寺が並んでいる場所に出た。目指す東禅寺はもっと先だった。

「長太。ここから、おめぇひとりで先に行け。俺は東禅寺の山門で待っている」

「わかったぜ、兄い」

長太は裾をつまんで急ぎ足になり、またたく間にくらがりに消えて行った。

弥三郎は東禅寺の前に出た。山門は閉まっている。その前のくらがりに身をひそめた。

ふと、弥三郎はゆうべの借金取りのことを思い出した。十日後までに十五両が出来なければどうなるのだ。おしのが売り飛ばされるのだろうか。

ちっ、俺には関係ない。あの娘が娼妓《しょうぎ》になろうが、因業爺《いんごうじじい》の妾《めかけ》になろうが、俺が気に病む必要もないのだ。

四半刻（三十分）ほど経った。まだ、長太は戻って来ない。

遅いと思った。もし、鶴八が来ていたら、長太は弥三郎を呼びに来るはずなのだ。

またも疑心がわいた。なぜ、鶴八は小蝶の居場所を教えたのか。そんなことをすれば、弥三郎が小蝶の家にこれからも押しかけるかもしれないという用心が働かなかったのだろうか。

やっぱし、俺を誘《おび》き出すために小蝶の名を出したのかもしれない。金を渡すというだけでは警戒される。そこで小蝶の名を出した。弥三郎は、そうに違いないように思えた。

辺りを見回し、自分が誰にも見張られていないことを確かめてから、弥三郎は山門を離れ、寺の横の脇道を入った。

用心深く奥に進む。寺の塀の途中で、家並みは途切れ、真っ暗な闇が広がっていた。田地だ。

西のほうに吉原の明かりがすぐ目の前にあるように輝いている。寺の真裏に出てみたが、それらしき一軒家は見当たらない。

途中にあった家かもしれないと、もう一度戻る。

ふと踏みつけたものがあって、弥三郎は足元を見た。石ころのようなものではなく、もっと柔らかいものだ。

しゃがんで、手を伸ばした。柔らかいものに触れた。煙草入《タバコい》れだ。長太のものかどうかわからない。だが、長太のものだとしたら……。

弥三郎は引き返し、通りに出た。山門に長太が戻っているかもしれないと思ったのだ。

だが、長太の姿はなかった。斜め向かいの神社の常夜灯まで行き、改めて拾った煙草入れを眺めた。

浅草寺の五つ半（九時）の鐘が鳴った。おかしいと弥三郎は胸が騒ぎだした。金を持って逃げるはずはない。

鶴八め、やっぱし俺をはめようとしたのだ。煙草入れを握ったまま、弥三郎は怒りに打ち震えていた。

第三章　祈禱師

一

神田川を新シ橋で渡ると、伊十郎の足取りが急に重そうになった。さっきからぶつぶつ言っている。

空も黒い雲に覆われ、いまにも雨が降り出しそうだ。気が滅入《めい》りそうに家並が暗く続いている。

両側が武家屋敷の塀に変わり、やがて立花上総守の上屋敷の海鼠塀《なまこべい》と塗塀の長い塀が見えて来た。

「旦那《だんな》。正直に言うしかないじゃねえですか」

佐助が伊十郎を励ます。

「ばかやろう。てめえたちはいいさ、暢気《のんき》で。俺の立場になってみろ。まだ手掛かりがまったくつかめませんなどと言えるか」

伊十郎はしかめっ面で応じた。

「それは付け届けをもらっているからということですかえ」

佐助が厭味《いやみ》を言うと、伊十郎は不機嫌そうに顔を横に向けた。文句を言う気力もないようだ。

長屋の小門の前にやって来た。伊十郎はだいぶ遅れてやって来た。

「じゃあ、旦那。いいですね」

浮かない顔の伊十郎に断り、佐助は門を叩《たた》いた。

「北町奉行所の井原伊十郎と長谷川町の佐平次が参りました」

この前と同じむすっとした顔つきの門番が扉を開けた。

木立の向こうの広大な敷地にある豪壮な屋根の建物に腰元らしき女が見えた。と、袴《はかま》姿の若い侍がやって来た。この侍はこの前の侍とは別人だ。

「どうぞ、こちらへ」

連れて行かれたのは、前回と同じ長屋の奥にある部屋だった。

伊十郎が先に入り、佐助たちが続いた。

「困ったぜ。なんと答えるか」

伊十郎はまだ唸《うな》っている。

「だから正直に、まだ手掛かりもつかめないと言うしかありませんぜ」

「そんなこと、言えるか」

「じゃあ、なんて言うんですかえ」

「だから困っているんじゃねえか」

「あれ、旦那。やっぱし、今度の件で、旦那はいくらかもらっているんですね」

「いや、それは……」

伊十郎はしどろもどろになった。

さっきの若侍が障子を開け、用人《ようにん》が入って来た。伊十郎が居住まいを正し平伏した。佐助たちも頭を下げた。

「井原どの。佐平次。ご苦労である」

相変わらず、用人は横柄に言う。

「さっそくだが、どうだな」

用人の鋭い目に合い、伊十郎は竦み上がったように身を縮めた。

「はあ。目下、懸命に探索中であります」

伊十郎は苦しげに言う。

「で、見通しは?」

「はあ。それが……」

「なんだ」

「はあ」

「はあ、ではわからん。殿はそろそろ国元を出発しよう。あと半月足らずで、殿はこちらにお見えになる。まさか、手がかりがつかめないと言うのではあるまいな」

「とんでもございませぬ。じつは、だいたいの目星はついております」

伊十郎の言葉に、あれっと佐助は声を上げそうになった。冗談じゃない、目星なんかついていない。あと半月足らずで、どうやって盗人《ぬすっと》を見つけ、盗品を取り返すのだ。

「佐平次」

用人が佐助に顔を向けた。

「ご苦労だが、頼んだぞ。もし、殿のお目見えまでに間に合わなければ、この老腹《おいばら》を切らねばならぬでな」

「あの」

「なんだ？」

「いえ、なんでもありませぬ」

「そうか」

安堵《あんど》したように、用人は笑った。

参勤交代で江戸に出府した最初の日は、祥瑞《しょうずい》の掛け軸、南蛮渡りの青磁器などを座敷に並べて眺めるのを、殿さまは楽しみにしているのだ。

まだいっこうに手掛かりはないのです、とはとうてい言える雰囲気ではなく、佐助は忸《じく》怩《じ》たる思いで平伏した。

自信ありげな態度を示しているが、伊十郎が内心ではびくついているのがわかる。

屋敷の外に出たとたん、伊十郎の口から大きなため息がもれた。

来たとき以上に重たい足取りで、伊十郎は立花家の屋敷をあとにした。

「旦那、どうするんですね」

佐助は責めるようにきく。

「あの用人はほんとうに腹を切るかもしれませんぜ」

「なんとしてでも、取り戻すしかあるまい」

伊十郎は渋面を作って言う。

「そりゃそうですが、盗人はなかなか尻尾《しっぽ》を出しませんぜ。あと半月でなんて、とうてい無理だ」

「あんな幽霊騒ぎに首を突っ込むからだ。こうなったら、そっちの件はお預けだ。いいな。なんとしてでも、品物を取り返すんだ。いいな」

伊十郎は形相すさまじく言う。

佐助はふうとため息をついた。

「見通しはまったくないんですぜ。どうするんですかえ」

「長蔵たちの様子を窺《うかが》ってみろ」

「向こうだって何もつかんじゃいないと思いますよ」

「ちっ。おい、平助。なんとかしろ。頼りはおめえだけなんだ」

「へえ」

平助は気のない返事をしたが、それは何か別のことを考えているからに違いない。なおも伊十郎は何かを言いかけたが、思い直したように、佐助に顔を向け、

「いいか。約束が守れなかったら、おめえたちも腹を切れ」

「えっ、そんなのありませんぜ」

「つべこべ言う前に、盗人をとっつかまえろ」

激しい剣幕で言い、伊十郎は足早になった。

その背中に向かって、次助が唾《つば》を吐く真似《まね》をした。

新シ橋を渡ったところで、伊十郎と別れた。

すると、平助が佐助と次助に向かって、

「ちょっと確かめたいことがある。俺ひとりで行くから、すまねえが、あとはふたりで頼む」

と言い、返事もきかずに駆け出して行った。

「あっ、平助兄い」

「どうしたっていうんだ」

次助も茫然《ぼうぜん》と言い、

「おい、佐助。おめえに心当たりはねえのか」

と、佐助の顔を見た。

まさか、と佐助は眉《まゆ》をひそめた。

「おい、何か知っているのか」

「いや。そうじゃねえが、次助兄いも平助兄いが朝早く出かけているのを知っているだろう」

「うむ。どこに行くのか気になっていたんだ」

「じつは、俺、一度、あとをつけたことがあるんだ」

「ほんとうか」

次助は食いつきそうな顔で、

「兄いはなにしに行っているんだ」

「なにをしているのかはわからねえ。ただ、行き先は小網町だ。ふつうの二階家に入って行った」

「今、兄いはそこに行ったのかな」

「わからねえ」

「よし、行ってみよう。兄いが何をしているのか知りてえ」

「俺だってそうだ。次助兄い。行ってみよう」

「よし。佐助、案内しろ」

佐助と次助は小網町に向かった。

雨はどうにか降らずに持っているという感じで、いつ降り出してもおかしくない空模様だ。

浜町河岸辺りでぽつりとやって来たが、本降りにはならず、じきに止《や》んだ。

東堀留川に出て、川沿いを行くと、今度は日本橋川に出る。その日本橋川沿いに小網町二丁目と三丁目が細長く続いている。回船問屋や物産問屋が並んでいる。

行徳河岸に向かう手前で横丁に入った。

記憶を頼りに、例の二階家にやって来た。

「誰が住んでいるか訪ねてみるか」

佐助が言うと、次助は迷ったように顔をしかめ、

「今は兄いに気づかれないほうがいいな。近所で、きいてみたらどうだ」

「そうだな。番太郎がいいな」

町と町の境に自身番と木戸番が向かい合っており、木戸番の番太郎はその間にある町木戸の番をしている。が、木戸の番だけでなく、夜は拍子木を打って夜警をしながら時刻を告げる。

番太郎だったら、あの二階家にどんな人間が住んでいるか知っているだろうと思った。

その木戸番のところに行くと、店先に箒《ほうき》や草履などの荒物が売られていた。

三十年配の女が店番をしていた。番太郎の女房らしい。

佐助が顔を出すと、女房が立ち上がった。

「佐平次親分ですね。お初にお目にかかります」

女房は頰《ほお》をいくらか朱に染めた。

「ちょっと聞きてえんだが」

「うちのひとは奥で寝ているんですよ。今、起こしてきます」

番太郎は夜の勤めがあるので、店番を女房に任せて昼間は寝ているのだ。

「いや、いいんだ。じつは、この先の角を曲がったところにある……」

佐助が件《くだん》の二階家のことを言うと、女房は大きく頷《うなず》いた。

「あそこは蘭学者の先生が住んでおいでですよ」

「蘭学者?」

「なんでも長崎から来たそうです。五十過ぎの先生ですよ。親分、あの先生に何か」

「いや。なんでもねえ。気にしないでくんな」

礼を言って、佐助は木戸番屋を辞去した。

少し離れてから次助が言った。

「平助兄いが入ったのは別の家じゃねえのか。まさか、蘭学者の家だなんて」

「そうだな。でも、確かに、あの家だと思ったんだが」

「じゃあ、平助兄いは蘭学者と会っているって言うのか」

佐助は小首を傾《かし》げた。

わからない。もしかしたら、番太郎の女房が家を間違えて教えたのかと思い、通りがかりの年寄りを呼び止め、

「蘭学者の先生の家はどこだえ」

と、きいてみた。

その年寄りは同じ二階家を教えてくれた。

そうなると、今度はその家に平助が入って行ったのかどうか、自信がなくなった。

自分のやりたいことも諦《あきら》め、親代わりとなって、平助兄いは佐助と次助を育ててくれたのだ。そんな平助のたった一つの秘密が朝の外出だった。

いったい、平助兄いは何をしているのか。そのことが無性に気になってならなかった。

「平助兄いは何をやりたいのだろうか。あの二階家にいる蘭学者は平助兄いと関係ないのだろうか」

「さあな。兄いは俺たちには自分の気持ちをずっと隠してきたからな。あのひとなら知っているかもしれねえな」

「あのひと？　ひょっとして、『加賀屋』の内儀《おかみ》さん？」

「そうだ。おこうさんだ。平助兄いはあのひとには自分の夢を話していたかもしれない」

今は、紙問屋『加賀屋』の内儀に収まっているが、おこうはかつて、平助と所帯を持つ約束だったという職人の娘だ。

あの頃、平助が十七歳、次助が十五歳、佐助は十二歳だった。三人で長屋に住んでいた。平助が大道で物を売り、次助は力仕事をし、女のようになよなよした佐助は家で掃除や食事の支度などをして、貧しい長屋で暮らしていた頃だ。

その長屋にいたおこうと平助兄いはいつか所帯を持つ約束をする仲になっていた。だが、ふたりは別れたのだ。次助と佐助のために、だ。

ある事件がきっかけで、平助とおこうは再会したが、平助がおこうを見る目にも、おこうが平助に接する態度にも、ふたりはまだ好き合っていることが察せられた。だが、おこうはひとの妻になっている。

いくら好きだろうが、もう手遅れなのだ。後悔しても遅い。だから、これ以上、平助に後悔をさせたくない。

やりたいことがあれば、やらせてあげたい。

「おこうさんに聞いてみよう。幸い、今は平助兄いと別行動だ。平助兄いに気づかれやしない。それに、『加賀屋』は『川田屋』の同業だ。万が一、平助兄いに『加賀屋』に行ったことをきかれても、なんとか言い訳が立つ」

「そうだな。よし、行ってみるか」

次助もその気になった。

東堀留川にかかる思案橋を渡り、日本橋川沿いにある魚河岸を突き抜けて日本橋通りに出た。

そこから目抜き通りを新両替町一丁目に向かった。今、平助兄いはどこにいるのかわからない。急に思い出したように出かけるなんて、かつてなかったことだ。

京橋を越えると、やがて紙問屋『加賀屋』の大きな瓦屋根《かわらやね》が見えて来た。

相変わらず大八車が出入りをしていて、繁盛していることを窺わせた。佐助は前掛け姿の手代に声をかけた。

「長谷川町の佐平次だが、内儀さんを呼んでもらえないか」

「はい。畏《かしこ》まりました」

大きな声で返事をし、手代は店の中に入って行った。

今度は女中が出て来て、

「どうぞ、こちらへ」

と、店の隣の入口から庭に招じた。

縁側におこうが待っていた。ふくよかな顔立ちに、人妻らしいしっとりとした色香を漂わせている。

「佐平次親分。ようこそお出《い》でくださいました。さあ、どうぞお上がりを」

おこうはうれしそうに言う。平助の弟という親近感があるように思えた。

「いえ。すぐお暇《いとま》しなきゃなりません。ちょっと、平助兄いのことで」

佐助は声をひそめた。

佐平次を名乗っているのが平助の弟の佐助だということを唯一知っている女だと思うと、緊張と同時に、佐助は懐かしく甘酸っぱい思いにかられた。

「なんでしょうか」

おこうは美しい目を向けた。

「へい。おこうさんもご存知かと思いますが、平助兄いは俺たち弟のために自分を犠牲にしてきました」

おこうとのこともその一つだ。そのことを察したのか、おこうは悲しそうな顔つきで微《かす》かに頷いた。

「兄いは何をやらせても天下一品の折り紙をつけられておりやした。でも、兄いはすべてを諦めたんです」

佐助は胸が詰まりそうになりながら、

「もうそろそろ兄いに好きな道を行かせてあげたいと思いましてね。で、いってえ兄いが何を目指していたのか、おこうさんならそのことを知っているんじゃないかと、そう思ったものですから」

「そうですか」

遠い昔を思い返すかのように、おこうは目を細めた。

「平助さんには大きな夢がありました。私もよく夕焼けを見ながら聞かされたものです」

ふとおこうは涙ぐんだ。

佐助は胸が痛んだ。俺たちがしっかりしていれば、平助兄いとおこうは今頃は所帯を持ち、子どもにも恵まれていたかもしれない。その幸せを奪ったのは俺なのだと、佐助は胸をかきむしりたくなった。

「で、その夢とはなんなのですか」

気を取り直し、佐助はきいた。

「平助さんは商人になるのだと言っておりました」

「商人？」

意外な答えに、佐助は問い返した。

「はい。平助さんは外国との交易の仕事をしたいと言っていました。外国と取り引きをする商人になるのだと」

「外国とですかえ」

平助がそのようなことを考えていたとは意外のほか何物でもなかった。平助は武士の養子に請われたこともある。だから、平助は武士になり、政《まつりごと》の世界でその才覚を発揮したいのではないかと思ったことはあるが、商人とは予想外であり、ましてや外国との交易を考えていたとは。

今もその夢を追っているのだろうか。蘭学者と会っているのは、そのためなのかもしれない。

おこうと別れ、佐助と次助は口数少なく京橋を渡った。

佐助が来たことを黙っていてもらうようにおこうに頼んだが、さてこれからどうしようかと佐助は困惑した。平助のことだ。

それに帰ってから、平助兄いにきょうの首尾をきかれたら何と答えるか。そんなことに、頭を悩ませていると、質と書かれた将棋の駒《こま》の形をした木札の看板を見つけた。『高砂屋』とある。南伝馬町二丁目だ。

「兄い。あの質屋に寄ってみようか。平助兄いにどこへ行って来たかときかれた場合にいい訳が立つじゃないか」

無駄だと知りつつ、佐助は『高砂屋』の暖簾《のれん》をくぐった。

帳場格子から年配の男がじっと見つめていたが、岡《おか》っ引《ぴ》きとわかると、とたんに相好を崩した。

「長谷川町の佐平次だ」

「へい、ごくろうさまでございます」

どうやら主人らしい。

「ちと、訊《たず》ねるが、怪しい品物が持ち込まれたりはしていないかえ」

「いえ、それはありません」

盗品を質物にとったときは処罰されるので、主人はむきになって言う。

「どうぞ、これをお調べください」

主人が台帳を持って来た。

「どれ」

佐助は上がり框《かまち》に腰を下ろし、念のために台帳をめくった。

着物、簪《かんざし》、櫛《くし》などの他に、刀、脇差《わきざし》の質入れもある。生活が苦しい武士も増えていることを物語っている。

質入れ者の身元もしっかりしているようだった。さらに四月分から三月分に帳面をめくったとき、質入れ者の中に、気になる名前を見つけた。

浅草山川町菊右衛門《きくえもん》店《だな》の坂吉、紙漉《かみす》き職人とある。

「こいつは?」

佐助が主人に指さして示した。

「ああ、このお客ですか。へい、なんでも馴染《なじ》みの女に贈ろうとして買ったが、袖《そで》にされたと言って持ち込んで来ました。質草は銀の平打簪《ひらうちかんざし》でございます」

「すまねえが、それを見せてくれねえか」

「えっ、その簪に何か問題でも」

主人はうろたえたようにきいた。

「ああ、曰《いわ》くつきかもしれねえ」

「ちょっとお待ちを。おい、番頭さん」

驚いて、主人は背後にいた番頭に声をかけた。

はいと、傍《そば》にいた小肥《こぶと》りの番頭が奥の土蔵に向かった。

その間、主人は落ち着かぬ様子で、

「親分さん。この質物に何か」

「うむ。じつはこの質入れした山川町の坂吉は死んだんだ」

「お亡くなりになったのでございますか」

質入れした者が死んでも、品物を担保にとってあるので質屋は損はしない。だから、主人は特に困った様子は見せなかった。だが、次の佐助の言葉に飛び上がった。

「この坂吉がどうやって手に入れたのかわからねえが、この櫛はひょっとして死んだ遊女のものかもしれねえ。この坂吉が遊女の亡骸《なきがら》から髪を切り取りに行っているのだ」

「げっ。そんな」

主人が顔を青ざめさせているところに、番頭が質草の簪を持って来た。

佐助はそれを手にした。見事な花形の透かし彫の文様の入った平たい銀製の簪で、紙漉き職人がおいそれと手に入れられるような代物ではなかった。

「こいつは高価なものだ。それをずいぶん安く預かったな」

「いえ、それは」

主人の額に汗が滲《にじ》んでいた。

「坂吉は死んだからこれはもう受け出しにこない。こいつは高く売れるからだいぶ儲《もう》けになる」

「確かに安く質入れしましたが、それだけ、受け出しもしやすいわけでして」

安く値をつけた言い訳のように、主人は言った。

「こいつは曰くつきの簪だ。しばらくは処分しないようにしてもらおうか」

そう言って、佐助は簪を返した。

「曰くつきと申しますと？」

主人は気にした。

「坂吉がなぜ死んだかわかるかえ」

「なんでございましょうか」

「この遊女の亡霊にとりつかれて川にはまって死んだ形跡もあるんだ」

主人は口を半開きにしたまま言葉を失っている。

「また、見せてもらうことがあるかもしれねえ。それまで大事にしておいてくんな」

「待ってください。親分さん」

主人があわてて引き止めた。

「どうぞ、どうぞ、こいつを引き取ってくださいませ。こんなもの、置いておくわけには行きません」

「だが、おめえは損することになる」

「仕方ありません」

主人の顔は青ざめている。

「だが、どうしてあっさり質にとってしまったのだ？」

「最初はおかしいと思ったのです。がらにない品物だったので、どうして手に入れたのだときくと、坂吉という男はしどろもどろな説明をして、最後に好きな女のために思い切って買ったと言いましたが、どうも今から考えれば怪しかった」

主人は後悔のため息をついた。

佐助はいちおう預かり証を書いて、その簪を受け取った。

盗品には違いないが、この店に迷惑のかかることのないように取り計らおうと思った。

質屋を出てから、

「佐助。おめえもすっかり親分らしくなったな」

と、次助が感心したように言った。

「いや。そうでもないよ」

次助の言う意味がわかった。平助兄いがいなくてもふたりきりでやっていけるかもしれないと言いたいのだ。もちろん、次助とて、ふたりだけでやっていく自信があるわけではないだろう。だが、平助兄いに好きな道を歩ませてやりたい。そういう気持ちが言わせたのだ。

それは佐助も同じだ。今まで、平助は自分を犠牲にして次助と佐助を守って来たのだ。いくつになっても情けない弟がいるから平助はやりたいことも出来ない。もう、平助兄いを自由にさせてやろう。そういう思いは以前から抱いていたのだ。

それから、ふたりとも妙に無口になった。

暮六つ（六時）の鐘が鳴る前に、佐助たちは家に帰ったが、まだ平助は戻っていなかった。

「平助さん、どうしたって言うんでしょうね」

夕餉《ゆうげ》の支度を終えたおうめ婆さんが気にした。

「親分さん、まだいいんですかえ」

「ああ、もう少し待ってみる」

いつもなら腹を空《す》かして大騒ぎする次助までが箸《はし》をつけようとしないので、おうめ婆さんは不思議がっていた。

「おうめ婆さん、あとはいいから先に帰んな」

「そうはいきませんよ、親分」

「いいってことよ」

次助が言うので、おうめ婆さんは、

「じゃあ、次助さんが後片付けをしてくれるんですね」

「いや、それは」

次助はあわてて佐助の顔を見た。

「そう、次助にやらせるからいい」

佐助が言うと、おうめ婆さんは、

「そうですか。それならこれで。次助さん、あとは頼みましたよ」

と、立ち上がった。

おうめ婆さんと入れ違いに、平助が帰って来た。

「兄い、遅かったな」

格子戸の開く音がすると、佐助と次助は飛び出して行った。

「すまなかったな。思ったより、手間取ってな」

疲れた様子で足をすすぎ、平助は部屋に入った。

どこへ行って来たのだと、佐助はきけなかった。きけば、平助の秘密に迫ることになり、そうなるといっきにこれからの生き方を話し合わなければならない事態になるように思ったのだ。

平助を解放してやりたいと思いながら、平助が去って行ったらどうしようという不安が佐助を萎縮《いしゅく》させているのだ。

「なんだ、飯はまだか。待っててくれたのか。そいつはすまなかった」

おひつから飯をよそる佐助に、平助が言った。

「やっぱし、三人でいっしょに食べたほうがいいから」

「兄い、どこへ行っていたんだ?」

次助が遠慮がちにきいた。

「盗まれた品物が江戸から外に持ち出されているかもしれないので、最近、遠国からの船が入っていないか調べてもらってきたのだ」

「船?」

西国、北国などに品物を運ぶ廻船《かいせん》のことだろう。

「最近は大きな船は江戸湾には入っていないらしい。もし、外に持ち出されているとしたら、水運のある川越、栃木などが考えられるが」

次助と顔を見合わせてから、

「平助兄い、これを見てくれ」

と、佐助は質屋から預かった銀製の平打簪を見せた。

「上物だな」

平助はためつすがめつ眺めた。

「こいつは死んだ紙漉き職人の坂吉が質入れしたんですよ」

「どこの質屋だ？」

ちょっと迷ってから、佐助は答えた。

「南伝馬町の『高砂屋』っていう質屋だ。たぶん、近くの質屋に入れづらいのでわざわざ遠くまで行って質入れしたんじゃねえのか」

「南伝馬町だと」

平助がじろりと佐助を見た。

おこうのことが脳裏を過《よぎ》り、佐助は身を竦めたが、平助は気づかなかったようにきいた。

「綾菊のものか」

「そうに違いねえ。亡骸からとって来た奴だ」

平助は簪をためつすがめつ眺めていたが、ふいに顔を上げ、

「坂吉と常七は綾菊の亡霊にとりつかれたということだったな」

と、呟《つぶや》いた。

「そうとしか考えられねえんだ」

「うむ。だが、妙だな」

「何が妙なんだ？」

「綾菊の亡霊はどうしてこの簪を質入れのままにしておいたのだ。坂吉と常七を呪《のろ》い殺すなら、この簪を使えばいいものを」

「そんなこと、亡霊にきいてみなきゃわからねえ」

平助兄いは妙なことを言うなと思った。

「こいつがほんとうに綾菊のものかどうか確かめたほうがいいな」

「兄い。どうして？　それに、また綾菊の件に関《かか》わっていたら、井原の旦那に叱《しか》られるんじゃねえのか」

「半月足らずで、盗人を見つけて捕まえるのは無理だ。それより、例の品物さえ返ってくればいいのだ。まだ品物が江戸にあるなら、仏の久兵衛《きゅうべえ》の力を借りようと思う」

「そうか。久兵衛なら何か知っているかもしれねえな」

佐助は平助の秘密を聞き出す機会を失ってしまった。

二

浅草馬道の小料理屋『おしん』に行ってみたが、やはり長太は戻っていなかった。

板場には、年寄りの板前がいた。

「また、博打《ばくち》じゃないかしら。ときたま、長太さんは帰って来ないことがあるんですよ」

年増《としま》の女将《おかみ》は諦めたように言う。

念のために、拾った煙草入《タバコい》れを見せると、長太も同じようなものを持っていると、女将が答えた。

女将には黙って引き上げたが、もはや長太の身に何かがあったことは間違いないと思われた。

念のために長太の長屋に行ってみた。やはり、戻っていなかった。

弥三郎はもう一度浅草山谷町に向かった。強い陽射《ひざ》しに、草木も白く光っている。

東禅寺前にやって来て、それから寺の裏手にまわってみた。何度も往復したが、それらしき一軒家は見つからなかった。

おそらく、何者かがここで待ち伏せしていて、長太に襲い掛かったのだと思われた。長太は抵抗したが声を出せる状況ではなかったのだろう。だが、暴れたとき、煙草入れを落とした、いや襲われたことを知らせるためにわざと落としたとも考えられる。

長太は殺されたのか。しかし、死体が見つかったという騒ぎがないので、長太の死体はどこかに運ばれて埋められたのかもしれない。

もし、長太に頼まなければ、俺が殺されていたのだ。弥三郎は鶴八への怒りに、またも身内を震わせた。

「ちくしょう。俺を虚仮《こけ》にしやがって」

吐き捨ててから、弥三郎は日本堤に出て、吉原に急いだ。

大門をくぐり、まっしぐらに『大浦屋』に向かった。頭に血が上り、弥三郎は前後の見境もなくしていた。

仲の町通りを血相を変えて走る。すれ違った女が目を見張って振り返った。

江戸町一丁目にやって来た。そろそろ昼見世が終わる頃だ。

弥三郎は『大浦屋』の土間に飛び込んだ。客引きの男があわてて行く手を遮ろうとしたが、弥三郎はその男を突き飛ばした。

「じゃまするな。やい、亭主はどこだ。鶴八を出せ。弥三郎だ」

「お客さま。どうぞ、お静かに」

あわてて近くにいた女中が弥三郎を制した。

「鶴八を呼んで来いって言っているんだ。おう、亭主はいるかえ。長太をどうした。殺したのか」

周囲に聞こえるように、弥三郎は大声を出した。

女中頭らしい女が出て来て、

「申し訳ございません。ここは店先でございますので……」

「冗談じゃねえ。長太ってあっしのだちが殺されたんだ。そのことで旦那に用があるんだ。おまえさんじゃだめだ。さあ、早く旦那を出してもらおうか」

「ちょっとお待ちを」

女中頭が内所に向かい、そしてすぐ戻って来た。

「こちらへ」

女中頭が弥三郎を招じた。

弥三郎は雪駄を脱いで板の間に上がり、女中頭を押しのけ、内所の前に立った。

長火鉢の前で、あぐらをかいた鶴八は若い女に肩を揉《も》ませていた。弥三郎を見ても、鶴八の表情に変化はなかった。

「おう。長太をどこに埋めた？」

突っ立ったまま、弥三郎は大声を出した。よく響き、地鳴りのようだ。

「なんだね。ゆすり、たかりはいけませんぜ。お役人を呼びますよ」

「おう上等だ。呼んでもらおうじゃねえか。困るのはおめえのほうだ」

「そんな大声を張り上げて。無粋じゃありませんか」

内儀らしい肥った女が顔を出した。

「内儀さん。覚えていますかえ。弥三郎ですよ。こちらの旦那が小蝶という遊女を囲っているそうですが、楼主が抱え遊女と通じちまっていいんですかえ」

「なんのことやら」

内儀は顔に冷笑を浮かべた。

「こちらにいた小蝶ですぜ。それより、坂吉と常七のふたりを殺し、今度は長太って男を殺した。こいつはもう立派に獄門台行きですぜ」

弥三郎は平然としている鶴八を見て、

「旦那。よくも騙《だま》してくれたな。長太をどこに埋めたんだ？」

「おまえさん、さっきから何を言っているのだね」

「なんだと?」

はじめて、落ち着き払っている鶴八を不気味に思った。

内儀は冷たい目を弥三郎に向けている。

もういいと、楼主は肩を揉んでいた女に言い、煙草盆を引き寄せた。

鶴八は目を細めて長火鉢の炭に、くわえたままの煙管《キセル》の雁首《がんくび》を突っ込み、刻みに火をつけた。

思い切り吸い込んで煙を吐いてから、

「何かの間違いじゃありませんかえ」

と、鶴八は押さえて凄味《すごみ》のある声で言った。

「これ以上、恐喝をしようものなら、お役人に訴えますよ」

鶴八が凄味を見せた。

「おう上等だ。さあ、役人を呼んでもらおうか。困るのはそっちだ」

「そうですか。じゃあ、そうしましょう。おい、誰か、面番所まで走ってくれ。ゆすりのごろつきが来ているとな」

自分の思惑と違うほうに事態が向かっていることがわかった。どういうことだ、と弥三郎はあわてた。

落ち着け、落ち着くんだ、と自分に言い聞かせた。

「今に、役人が来る。逃げるなら今のうちだ」

「けっ、わかったぜ。こうなったら、よし、出るとこに出てやろうじゃねえか」

その場に腰を下ろし、弥三郎は足を組んだ。

「ばかな男だ」

「なんだと」

「もう少し、ましな男かと思ったが」

ふんと、鶴八は鼻で笑った。

「この野郎」

いきなり、立ち上がり、弥三郎は鶴八につかみかかろうとした。だが、すぐに両端から腕をとられた。

「やい、はなせ」

振りほどこうとしたが、ふたりの屈強な男が弥三郎の腕をつかんでいた。用心棒代わりの男だろう。

弥三郎は土間に引きずり下ろされた。長太を殺《や》ったのはこいつらだと、弥三郎は心の臓が冷たくなるような恐怖感に襲われた。

ごつい顔の岡っ引きが入って来た。田町の岩五郎だ。

「おや。てめえは弥三郎だな」

「親分。よいところへ」

弥三郎はこうなったら何もかも喋《しゃべ》ってしまおうと思った。

「旦那。こいつは弥三郎と言って、浅草奥山の地回りですぜ。じゃあ、旦那。旦那からもあとで話を聞かせてもらいますから」

岩五郎は鶴八から弥三郎に顔を戻し、

「おう、弥三郎。恐喝の罪は重いぜ。さあ、面番所まで来い」

「親分。恐喝なんてしてねえ。あっしはこの鶴八に騙されて殺されかかったんですぜ」

「このひとが何を言っているかさっぱりわかりませんな」

鶴八は嘲笑《ちょうしょう》を浮かべ、

「親分さん。どうか、もう二度とこの者がここに現れないようにお願いします」

「やい。鶴八。てめえ、どの面さげてそんなこと言いやがる」

「うるせえ。おとなしくしやがれ」

岩五郎は十手《じって》で弥三郎の肩をしたたか叩《たた》いた。

「痛え」

弥三郎は肩を押さえて跪《ひざまず》いた。

昼見世が終わり、遊客がだんだん遊女屋から吐きだされて来た。そんな人通りの中、弥三郎は岩五郎に面番所まで引っ立てられた。

面番所に入ると、弥三郎はこづかれながら土間に座らせられた。

「親分。鶴八は長太って男を殺したんだ」

弥三郎は口惜しそうに言う。

「長太って誰だ?」

「馬道にある『おしん』という小料理屋の板前だ。紙漉き職人の坂吉と常七はその店の常連だった。ふたりが死んだのも鶴八の仕業だ」

「おう、弥三郎。何をねぼけたことを言っているんだ。坂吉と常七は殺しじゃねえ。それより、長太って男が殺されたってのはほんとうなのか」

「ほんとうだ。あの鶴八は抱え遊女の小蝶と出来ていやがったんだ。小蝶をどこかに囲っているんだ。それから、以前に死んだ綾菊は自害だったんだ。坂吉と常七は投込み寺で亡骸を見て、それがわかった。それで、ふたりは鶴八を威しに行ったんだ。だから、殺されたんだ」

「作り話もたいがいにしろ。綾菊のことは蹴《け》りがついている」

「違う。綾菊は自害……」

弥三郎は途中で声を呑《の》んだ。

そうか。付け届けが行っているのだ。だから、綾菊は自害ではなく病死として処理されたのだ。

「ちくしょう」

弥三郎は歯噛《はが》みをした。

「親分。長太はどこかに埋められているんだ。長太を探してくれ」

「弥三郎。世迷いごとを言うんじゃねえ。てめえは恐喝を働いたのだ。恐喝は獄門だ。わかっているのか」

「げえっ、獄門。冗談じゃねえ。親分、助けてくれ。悪いのは鶴八だ。親分」

しかし、岩五郎は冷たい目を向けているだけだった。

三

佐助が大門をくぐって面番所に顔を出したのは、弥三郎がわめいているときだった。

「だから、長太とは賭場《とば》でいっしょになったんだ。坂吉の弔いのあと、もし俺に万が一のことがあったら『大浦屋』の楼主の仕業だと思ってくれと、常七が長太に言ったそうなんですよ」

佐助たちは土間に足を踏み入れた。

「なんだ、佐平次か」

岩五郎が顔を歪《ゆが》めた。

「岩五郎親分。どうしたんですね」

「こいつか。こいつは浅草奥山の弥三郎という地回りだ。とんでもねえやろうでな、『大浦屋』の楼主を恐喝していたのだ」

「楼主は恐喝されるようなことをしていたんですかえ」

「親分、きいてくれ」

弥三郎が佐助に縋《すが》った。

「黙りやがれ」

岩五郎が弥三郎を足蹴《あしげ》にした。弥三郎は仰向《あおむ》けにひっくり返った。

「岩五郎親分。ちと、この男と話してみてえ。どうだろうか」

佐助は岩五郎に頼んだ。

「まあ、いいだろう。おい、茶をくれ」

岩五郎は手下に声をかけた。

佐助が弥三郎の前に立ち、腰を屈《かが》めて顔を覗《のぞ》き込んだ。なるほど、危険そうな顔をした男だ。

「弥三郎と言ったな。さっき、もし俺に万が一のことがあったら『大浦屋』の楼主の仕業だと思ってくれと、常七が言ったと話していたな」

「へい。そうなんです。そしたら、ほんとうに常七が死んだ。それも首を括《くく》った。でも、長太はそんなこと信じられねえと言ってやした。それで、長太に頼まれて、『大浦屋』に掛け合いに行ったんだ。恐喝なんかしちゃいねえ」

弥三郎は訴えるような目を向けた。

「常七はなんでそんなことを言ったんだ」

「『大浦屋』の綾菊が死んだのは病死ではなくて自害だったってことに気づいたんじゃね

えかと。それで、ふたりは『大浦屋』を威《おど》しに」

「なるほど。で、その長太は？」

「ゆうべから小料理屋にも出ていねえ」

弥三郎は『大浦屋』の楼主鶴八との話し合いのことを話した。

「今、その『おしん』という店に手下をやっている」

岩五郎が口をはさんだ。

「なぜ、おめえがいかなかったんだ」

平助が脇からきいた。

「それは」

弥三郎は口ごもった。

「まさかと思い、おめえは長太を身代わりにして、約束の場所に行かせたってわけか」

平助が冷たい目をくれた。

「いや、そういうわけじゃねえ」

弥三郎は目を伏せた。

「まあいい」

平助が弥三郎から離れたとき、岩五郎の手下が戻って来た。

「おう、どうだった？」

「へい。『おしん』の女将にさっき長太から連絡があったそうです。今、自分の長屋で、寝込んでいるってことでした」

「なんだって。ほんとうに、長太がいたのか」

弥三郎は腰を浮かせた。

「ああ、いたぜ」

手下が冷たい目をくれた。

「長太に会わせてくれ。そうすれば、俺の言ったことが正しいとわかる」

「長太は怪我《けが》をしていた。ゆうべ、酒に酔って誰ともわからぬ者と喧嘩《けんか》をしたらしい。一晩、動けずにいて、ようやく家に帰って来たと言っていた」

「そんなばかな。鶴八のことを何か言っていなかったか」

弥三郎は飛び上がりそうになった。

「言っていねえ。それに、おめえのことなんぞ、知らねえと言っていたぜ」

「知らねえだと」

弥三郎の顔が紅潮した。

「てめえ、俺を騙す気か」

「弥三郎。おとなしくしやがれ」

岩五郎が足蹴をし、またも弥三郎は仰向けにひっくり返った。

「岩五郎親分。手荒な真似はよしやしょう」

佐助がたまらずたしなめた。

「ふん。佐平次、気取るんじゃねえ」

「岩五郎親分」

平助がすっと割って入った。

「この弥三郎の言い分を聞いていると、あながち嘘《うそ》っぱちとも思えませんぜ。そうことは単純ではないのかもしれやせん。もしこいつの言うことがほんとうなら、長太は鶴八の手の者に痛めつけられ、弥三郎のことは知らねえことにしろと威されたんじゃねえでしょうか」

平助が佐助に目配せした。

佐助がすぐに、

「そうよ。平助の言うとおりだ」

と、応じた。

「けっ、何を言っていやがる。もし、鶴八に弱みがあるなら、長太もそのままにしておいちゃ枕《まくら》を高くして寝てられねえじゃねえか。弥三郎の言うとおりなら、坂吉や常七のように始末するはずだ。違うか」

岩五郎は勝ち誇ったように言う。

「長太は肝心なことを知っちゃいなかったってことですよ」

「なに?」

「坂吉と常七は、鶴八の弱みを見つけた。だが、長太はそれが何か知らなかった。だから、生かしておいたんですよ。この弥三郎もそうだ。もし、弱みを知っていたら、町方に引き渡すはずがありませんからね」

平助が岩五郎をやり込める。

「岩五郎親分。今平助が言ったように、はなから弥三郎の言い分を嘘だと決めつけるのはまずいですぜ」

今度は佐助が親分らしい貫禄《かんろく》で言う。

岩五郎は不快そうに顔を歪めた。

「どうでしょう。弥三郎はまだ金を威しとったわけじゃありませんし、もう二度と悪さをしねえと誓わせて、勘弁してやったらどうですね」

「そんなこと出来るか。大浦屋だって納得しめえ」

「でも、このままだったら大浦屋にとっても困ることになりますぜ。大浦屋の弱みを、あばかなきゃならなくなる」

「大浦屋の弱みとはなんだ。綾菊の自害の件なら、今さら騒いでも遅い」

「そうじゃねえ。もっと他に何かがあるんですよ」

佐助が言ったとき、

「親分」

と、平助が険しい顔になって、佐助の耳元に口を寄せた。

「いいか。弥三郎をこっちに引き渡してもらうんだ。ことは大浦屋に絡んでのことだから岩五郎親分ではやりづらいだろうから、あとは佐平次が引き受けると」

「わかった」

耳打ちが終わったように、佐助は岩五郎の前に戻った。

「なにをこそこそしていやがったんだ」

岩五郎が頰を震わせた。

「岩五郎親分。どうやら、大浦屋に絡んで何かがあるんだ。綾菊の幽霊騒動にしても、それにこの男の言うことがほんとうなら小蝶という女の件もある。どうだろう、この件はあっしに任しちゃもらえませんかえ」

「おめえにだと?」

「岩五郎親分は大浦屋との兼ね合いからやりづらいんじゃありませんかえ。その点、あっしは縛りがねえ」

付け届けをもらっていないという意味だ。

「ちっ。何をいいやがる。俺が鶴八に手加減をするとでも思っていやがるのか」

岩五郎は頰を引きつらせた。

「いや、万が一、後ろ暗いことが見つかって大浦屋をしょっぴかなくてはならなくなったら、どうしやす? そんなことをしたら、これから他の楼主たちからどう思われますかえ」

「冗談じゃねえ。そんなこと出来るか」

「親分は大浦屋の弱みをあばかなきゃならねえことにもなりますぜ。それでも、いいんですかえ。大浦屋に何かあったとしても、親分は何も知らなかったことにすれば他の楼主も納得しやすぜ」

半ば、威すように佐助は続けた。

「そうじゃねえと、もし万が一、大浦屋の弱みを暴いたら、岩五郎親分が吉原中で裏切り者扱いされかねませんぜ」

「いってえ、大浦屋に何があるって言うんだ」

岩五郎は怯《ひる》んだように声が小さくなった。

「まだ、はっきりしたことはわかりやせん。でも、岩五郎親分はこのことに関わらないほうがいい」

何か言いたそうだったが、自分の立場を察したのだろう、

「わかった」

と、岩五郎は苦そうな顔で折れた。

佐助は弥三郎に向かい、

「いいか、これからは勝手な真似を許さねえ。もし、勝手に何かしでかしたら、今度は容赦なくひっくくる」

「へい。わかりやした」

弥三郎は素直に答えたが、

「でも、長太に会って話を聞かなきゃ、心が静まらねえ」

「わかった。俺たちもいっしょに長太に会ってみよう。それでいいな」

「へい」

「おう。弥三郎。長太に意趣返しをしたらただじゃおかねえからな」

岩五郎が威した。

「わかってまさ」

不貞腐《ふてくさ》れたように、弥三郎は答えた。

「それから、廓内へは出入り禁止だ」

「待ってくれ。馴染《なじ》みの女が河岸見世にいるんだ」

「可哀《かわい》そうだが、だめだ。遊ぶなら、よそに行くんだ」

弥三郎は唇を歪めていた。

妙なことになった。佐助たちは、弥三郎の案内で大門を出て日本堤を浅草馬道の裏長屋に向かった。

「親分。俺はさっきから考えていたんだが、小蝶は大浦屋の内儀に殺されたんじゃねえだろうか」

「どうして、そう思うんだ?」

「大浦屋は自分のところの抱えの小蝶と通じちまったんだ。だから、見せしめのために、小蝶は河岸見世に落とされたんだ。鶴八が自分の女にそんな仕打ちをするはずはねえ。だから、それをしたのは内儀に違いねえ。でも、大浦屋はときたま小蝶を連れ出していたらしい。それを知った内儀は今度は小蝶を折檻《せっかん》して殺してしまったんだ」

「弥三郎。まだ、証拠はねえ。そんなことをべらべらとほかで喋っちゃだめだ。いいな」

「ああ、わかっている」

土手を下り、田町を抜けて馬道にやって来た。

長屋の木戸を潜り、弥三郎が先に立ってどぶ板を踏んで行く。

「ここです」

弥三郎が腰高障子を開けた。

佐助も薄暗い土間に入る。奥で、横たわっていた男があわてて体を起こした。

「長太。どうしたえ。だいぶやられたようだな」

弥三郎が声をかけた。

「心配したぜ。いってえ、何があったんだ」

長太の目が佐助のほうに泳いだ。

長太は怯えたまま、何も言おうとしなかった。

「弥三郎兄い、かんべんしてくれ。俺は何も知らねえんだ」

「何があったのかも言えねえのか」

長太は口を閉ざしている。

「すまねえ」

「長太。俺は長谷川町の佐平次だ。俺が言うことが違っていたら違うって言うんだ。そうだったら黙っていろ」

そう前置きして、佐助が口を開いた。

「おめえは東禅寺の裏にある一軒家に向かった。だが、その途中で、何者かに襲われ、どこかに連れて行かれた。そうだな」

長太が黙っている。

「そして、知っていることを喋らされた。おめえが喋ったのは綾菊は病死ではなく自害だったってことだ。だが、それは真相とほど遠いことだったので、向こうは安心して、おめえを殺すまでのことはないと考えたのだ」

長太は口を閉ざしたままだった。

「弥三郎も同じだ。何もつかんでいないことがわかったんで、鶴八は安心したんだろう」

佐助は怯えている長太に、

「肝心なことを知らなかったから助かったんだ。もう今度のことは忘れて仕事に精を出すんだ。いいな」

と、諭した。

「へい」

やっと、長太は顔を上げた。

「もう一つ、教えてもらいてえ。坂吉か常七から、簪を質入れしたってきいたことはねえか」

「簪？」

長太はあっと声を上げた。

「そういえば、坂吉が例のものを質入れしたって常七に話しているのを小耳にはさんだことはあります」

「例のものか」

「へえ」

「そのことで他に何か聞いちゃいなかったか」

「さあ、どうだったか」

「まあ、いい。何か思い出したら知らせてくれ」

邪魔したと、佐助たちが戸口に向かったとき、

「兄い、すまなかった」

と、長太は弥三郎に向かって頭を下げた。

「長太。気にするな。おめえが無事でよかった」

弥三郎は外に出た。

長屋を出てから、弥三郎がきいた。

「佐平次親分。いってえ、どういうことなんだえ。俺はほんとうのことが知りてえ」

すると、平助が前に出て、

「弥三郎。親分がさっき長太に言ったことと同じだ。おめえも、今度のことは忘れろ。あとは俺たちの仕事だ。それに」

と、平助は続けた。

「小蝶のことにしたって証拠は何一つとしてないんだ。大浦屋を追い詰めることは出来ねえ」

「わかりやした。でも、なんか、手伝うことはありやせんか。このままじゃどうにも腹の虫が収まらねえ」

弥三郎は口惜しそうに佐助と平助の顔を交互に見た。

「まあ、何かあったら、そんときは手を借りよう。いいか、それまでおとなしくしているんだぜ」

佐助はなだめるように言った。

「へい」

弥三郎は肩を落として浅草寺のほうに向かった。

「あいつ、だいじょうぶかな。このまま、おとなしく引き下がるだろうか」

次助が不安そうにきいた。

「いや、引き下がりはしねえな」

「どうするんだ?」

「まあ、そんときはそんときだ。それより、急ぐぜ」

平助は足早になった。

仏の久兵衛と会う時刻が迫っていた。

坂吉が質入れした簪のことを確認するのはあとまわしになった。

花川戸を抜け、吾妻橋の袂《たもと》に出た。

夕方になり、橋を渡るひとの歩き方も忙しい。

橋の真ん中までやって来て、佐助は立ち止まった。

振り返ると、夕焼けで、ちょうど吉原の向こうの空が茜《あかね》色に染まっていた。ふいに胸の底から込み上げてくるものがあった。

（おっかあ）

佐助は心の中で呼びかけた。

佐助が五歳のとき、苦労しっぱなしの母が亡くなった。外に出たとき、燃えるような夕焼けだった。だから、佐助にとって夕焼けは母の死と重なるのだ。

今だったら親孝行をしてやれる。どうして早く逝っちまったんだと、佐助は涙があふれそうになった。

（おっかあ。平助兄いや次助兄いのおかげで、俺も元気にやっている。安心してくれ）

佐助は平助と次助とは血のつながりはない。平助と次助の父親のところに佐助を連れて母が後妻になったのだ。

ところが父親が不慮の死を遂げたあと、母が三人の子を育てたのだ。言うに言われぬ苦労をしたことは想像がつく。母は三人を養うために身を売ったこともあったようだ。母は平助や次助と血のつながりはない。だから、ふたりを捨て、佐助とふたりきりで暮らせば、もう少し楽な暮らしが出来たか、また後妻の口だってあったかもしれない。それなのに、母は平助と次助のふたりも我が子として慈しんで育てたのだ。

平助兄いも次助兄いも、そのことで母に恩義を感じており、だから平助兄いは自分の行きたい道を捨ててまで佐助を育ててくれたのだ。

佐助を頼むという母の最期の言葉を、平助兄いは頑《かたくな》に守っているのだ。

次助の声がした。

「佐助。そろそろ行くか」

佐助が目尻を拭《ぬぐ》って振り返った。平助も次助も何も言わなかった。が、夕焼けを見ると、佐助がいつも母のことを思い出して感傷的になることを知っているのだ。

吾妻橋を渡り切り、すぐ川上のほうに曲がる。しばらく行くと、北十間川にかかる源兵衛橋にやって来た。

四

仏の久兵衛はまだ来ていない。西の空に夕焼けが消えようとしている。

立花上総守の出府まで、あと半月を切った。時間はなかった。だが、いっこうに手掛かりがない。

おそらく、盗品を買い求める人間がいるのだ。その男は、昼間はふつうの商売をしていて、もう一つの顔が盗品買いではないか。もっとも、その者も、盗品をどこかに売っているのだ。

盗品を承知で買っているのか。買い求めた人間はひそかに楽しむだけで、ひと目にさらさないのだ。

こうなっては、またあの男の力を借りるしかないと、平助が言った。

つなぎ役の乞食に頼み、いつもの源兵衛橋で仏の久兵衛と落ち合うことになったのだ。

仏の久兵衛は元は大親分と言われた盗人だった。押し込み先で必ず仏が出る。つまり、必ず誰かが殺されるということから、仏の久兵衛という異名をとった。だが、盗人の世界では義理堅く、約束は必ず守ることから人望も厚かったのだ。

そんな仏の久兵衛も手下の裏切りに遭って捕らわれてしまった。そのとき患っていた久兵衛は浅草の溜《ため》に送られた。そして、病状が悪化してそこで死んだことになっていた。

だが、久兵衛は生きていたのだ。自分を仮死状態にする術を心得ていたようだ。

久兵衛が生きているのを見つけたのが茂助とっつあんだったが、茂助は見逃した。その恩誼をくみ取って、久兵衛は茂助にいろいろな情報をくれるようになったのだ。

薄闇《うすやみ》の中に、足早に近づいて来る男がいた。顔は小さいが、顔の半分はあるかと思えるほどの広いおでこをしている。

きょうは大店《おおだな》の主人ふうの姿だが、久兵衛に間違いなかった。

久兵衛は不快そうな顔で傍にやって来た。

「突然の呼び出しですまなかったな」

佐助が鷹揚《おうよう》に言う。この手の男には高飛車に出ないとなめられるのだ。

「早く用件を言え。俺は忙しいんだ」

目を気弱そうにしばたかせて、久兵衛が言う。

「最近、武家屋敷から高価な物が盗まれている。この盗人に心当たりはないか」

佐助が顔を近づけてきいた。

「さあねえ。あっしも歳《とし》だし、最近の盗人のことはわからねえ」

久兵衛はとぼける。

「誰か捌《さば》く人間がいるんだろう」

「佐平次親分。あっしらにも信義ってものがある。そうぺらぺらなんでもかんでも喋るってわけにもいかねえんですよ」

そう言ったあとで、久兵衛は急に真顔になって手のひらを突き出し、

「待て。また威すのはやめにしてくれ」

と、先回りをして言った。

「俺のことを捕まえると威せば、俺がなんでも喋っちまうと思うのは大間違いだ」

いつも、平助がぬっと顔を突き出し、獄門台に送ってやろうかと威すので、久兵衛は先

手を打ったのだ。

「わかった。どうだえ、一つだけ調べてくれねえか」

平助は苦笑しながら一歩前に出た。

「なんだ？」

後退《あとずさ》る。

「立花上総守の屋敷から盗まれた祥瑞の掛け軸、南蛮渡りの青磁器の二つを探している。これだけでも返してもらいたいんだ」

何か言う前に、平助は退路を塞《ふさ》ぐように続けた。

「おまえさんなら探し当てられる」

ちっ、と久兵衛は舌打ちしたが、

「心がけておこう」

と言い、つんとして踵を返した。

久兵衛を頼りにするしかなかった。

佐助たちは川沿いの道を下った。隅田川には屋形船や屋根船が出ていて、柳橋の船宿の提灯《ちょうちん》の明かりが川に映っていた。

両国橋を渡り、浜町河岸を突っ切って、長谷川町の家に帰って来た。

夕餉《ゆうげ》の支度をしたあと、おうめ婆さんが、

「親分。『川田屋』さんの次男が病に臥《ふ》せってしまったそうですよ」

と、沢の市から聞いたという話をした。

「実の兄が亡霊に取り殺されたことで、気を病んでいるそうです」

「与之助の弟か。確か、与吉とか言ったな」

佐助が顔をしかめた。

「沢の市の話だと、『川田屋』そのものに亡霊がとりついているようだと言っておりました。なんとかならないんでしょうかねえ」

「うむ。なんとかしなくちゃならねえな」

そう言ったものの、幽霊には手のうちようもない。おそらく、気のもちようなのだ。だが、まだはっきりしない点がある。その場で祈禱《きとう》していたと思われる天寿坊という山伏のことだ。

与之助の自害の様子を、天寿坊は知っているはずなのだ。

翌日、佐助たちは天寿坊という山伏を改めて探して、今度は本所界隈《かいわい》から蔵前にかけて歩き回ったが、手がかりは何一つつかめなかった。

こうなると、天寿坊という山伏がほんとうにいたのかどうかがあやしくなった。

夕方近くになって、佐助たちは吉原の大門をくぐった。

簪の件で、改めて『大浦屋』を訪ねるのだ。

『大浦屋』の暖簾をくぐり、佐助と平助は内所に向かった。

出てきた楼主の鶴八に、

「すまねえ。ちと確かめて欲しいものがあるんだが」

と言って、佐助は手拭《てぬぐ》いにくるんだ簪を取り出した。

訝《いぶか》しげに、鶴八がそれを手にした。

鶴八の表情が変わった。

「これをどうして？」

「例の坂吉って男が質入れした品物だ」

「坂吉が？　ひょっとして、亡骸から引っこ抜いてきたのか」

「わからねえ。で、どうだね、この持ち主に心当たりはあるかね。すまねえが、他の者にでもきいてみてえんだが」

「いえ、それには及びません。これは綾菊のものに相違ありません」

「そうか、綾菊のものか」

やはり、坂吉は綾菊の亡骸から持って来たのだ。坂吉は綾菊の霊に取り殺されたのだと、佐助は身震いした。

「親分さん、こいつは供養したほうがよろしいのでは。なんなら、あっしのほうで取り計らいましょうか」

佐助は簪を受け取るのが薄気味悪くなった。平助が横合いから簪を受け取った。

「いや、こいつはまだそこまでは出来ねえ。坂吉が死んだ理由を探るにはこいつが必要なんだ。ねえ、親分」

「そういうことだ」

佐助は強がって言い、『大浦屋』をあとにした。


いつもより遅く家に帰った。

夕餉が終わり、おうめ婆さんが引き上げたあと、平助が口を開いた。

「佐助、この簪はどこの質屋で見つけたんだっけな」

「えっ、そいつは」

佐助はあわてた。

「次助兄い、どこだっけ」

「えっと」

次助もうろたえている。

「南伝馬町二丁目の『高砂屋』だ」

平助が表情を変えずに言う。

「ああ、そうだった」

佐助はとぼけた。

平助は黙って佐助を見つめている。佐助はたまらず、

「平助兄い」

と、呼びかけた。

「佐助」

次助があわてて声をかけた。

「平助兄い、いい機会だ」

平助が微かに眉を寄せた。何かを感じ取ったのだろう。

「兄いは、ときたま夜明け前に小網町三丁目に行っている。なにしに行っているんだ?」

「佐助、あの家に行ったな」

やはり、平助は感づいていた。

「すまねえ。気になって、誰が住んでいるのか聞いてみた。蘭学者だって言うじゃねえか。兄いは蘭学者に会って何をしているんだ?」

平助は腕組みをして目を閉じた。

「兄いは商人になりたいのか。商人になるのに蘭学者と会う必要があるのか」

平助が目を開けた。

「おこうさんにも会ったのか」

はっとして、佐助が目を伏せた。

「平助兄い。俺もいっしょだったんだ。かんべんしてくれ」

次助が割って入った。

平助は大きくため息をついた。

「平助兄いが何かやりたいことがあるのは知っていた。俺たちがいるから、それが出来ないこともわかっていいたんだ。もう俺たちのことはいいから好きなことをやってもらいてえ。それが俺や次助兄いの本心だ」

「佐助、次助。おめえたちが俺のことでやきもきしていることはわかっていた。だが、俺はおめえたちと離れて行くことはしねえ。俺はおめえたちといつもいっしょだ。これからもずっとな」

「兄い。それじゃ、いつまで経っても、兄いは自分の道を歩めねえ」

「佐助。前にも言ったことがあるが、俺はおっ母さんと約束したんだ。佐助のことは俺が守ってやるとな」

「でも、もう十分守ってくれた」

佐助は涙があふれてきた。

「佐助。泣くやつがあるか」

次助まで涙声になった。

「正直言って、平助兄いと離れればなれになるのは悲しい。でも、俺のために兄いが好きな道を諦めてしまうほうがもっと悲しくて辛いんだ」

「平助兄い。俺もだ」

次助が訴えた。

「もう俺たちのことはいいから、好きな道に進んでくれ」

いきなり、平助が立ち上がった。

濡れ縁に立ち、夜空を見上げた。

「佐助、次助。俺は外国と取り引きをする商人になりてえんだ」

平助は振り向いた。

「これからは目を世界に向けなきゃならねえ。海外にはいろいろなものがあるのだ。海外の優れたものを日本に持って来るのだ」

おこうの言っていたことは本当だったのだ。

「今、世界に開いているのは長崎の港だけだ。だが、いずれ、他の港にも外国の船がやって来るようになる」

平助は熱く語った。

「そういう外国からの商品を日本で売る仲介の仕事をするのだ。もちろん、そうなったら、俺ひとりじゃ出来ねえ。次助や佐助にも手伝ってもらわなきゃならねえ」

「えっ、俺たちも」

佐助が飛び上がりそうになった。

「そうだ。将来はいっしょに海外を相手の商売をするのだ」

「三人いっしょに？　まるで夢みたいだな」

佐助は声をうわずらせた。

「今、すぐには無理かもしれねえ。だが、いつかそうなる。じつは、俺を高く買ってくれている御方がいるのだ。長崎の商人だ。その御方の弟が行徳河岸で海産物問屋をやっている。あの二階家はその弟の持ち家だ。そこに、長崎からもたびたびひとがやってくる」

「じゃあ、あの蘭学者っていうのも？」

「そうだ。長崎の旦那が、俺のためにわざわざ寄越《よこ》してくれたんだ。俺はオランダ語を習っている。その方面の書物を読んでいるんだ。世界は広い」

佐助は聞きほれていた。

小難しいことはわからない。ただ、兄弟三人でずっと暮らせるようになるということだけで、佐助は夢見心地になっていた。

「おめえたちにははっきり目処《めど》が立ったら話そうと思っていたんだ」

「だけど、商売やるにも元手がいるんだろう。その兄いを買ってくれているひとが元手を出してくれるのか」

次助が疑問を口にした。

「うむ。その御方が一切面倒を見てくれると言っている。だが、俺にも少しの貯《たくわ》えはあるんだ」

「貯えだって？」

佐助は驚いた。

平助が部屋に戻った。

「三人で美人局《つつもたせ》をしていたときに稼いだ金を貯えていたのだ」

「ほんとうか」

佐助が女に化けての美人局。鼻の下の長い男が面白いようにひっかかった。あの頃は、ただ金を稼いで散財することしか考えていなかったが、平助はその金を貯えていたという。

佐助は、改めて平助の偉大さに目を見張る思いだった。

「平助兄いはそこまで俺たちのことを」

佐助は胸が詰まった。

「泣く奴があるか」

「うれしいんだ」

「そうだ。俺もうれしい」

次助も泣き出した。

「ちっ。情けねえやろうだ」

平助が毒づいた。

「さあ、もう寝よう」

「ああ」

佐助は部屋を片づけ、ふとんを敷いた。

「平助兄い。金はどこに貯えているんだ?」

ふとんを敷き終えてから、佐助は思い出してきいた。

「金は、長崎の御方に預けてある。じつはな、次助」

平助は次助に顔を向けた。

「なんだえ、兄い」

次助が畏まった。

「預けてある金は、おさとさんを身請け出来るだけの額だ」

「そんなに」

佐助と次助がほぼ同時に声を上げた。

「次助が落ち込んでいるので、俺はその金を返してもらおうと、その御方にお願いしたんだ。もちろん、手紙は海産物問屋の旦那を通してやりとりしている。長崎の旦那からの返事が来た。金を返すのはいいが、せっかくの元手を使ってしまってはもったいない。どうしても金が必要なら貸してやろうと、認《したた》められていたんだ」

「兄いが、そこまでしてくれていたなんて、俺は知らなかった」

次助が鼻をぐすんと鳴らした。

「おさとさんを苦界から救い出してやりたいのは、俺だって同じ気持ちだ。だが、今、俺は迷っているんだ」

「なにをだ?」

「おさとさんを救い出すことだ。おさとさんの気持ちを考えたとき、俺たちに大金を使わせて身請けされることを喜ぶだろうか。俺たちがそんな大金を用意したということで、へんに気をまわすだろう」

「そうかもしれない。おさとさんはそういう女だ」

次助がしんみり言う。

「平助兄い」

佐助が口をはさんだ。

「長崎の御方の弟、行徳河岸の海産物問屋の旦那に身請けをしてもらうわけにはいかねえのかな」

「それも考えた。だが、肝心のおさとさんは出養生をしているってことだ」

「そうだ。おさとさんはだいじょうぶだろうか」

佐助も心配になり、

「兄い。『大浦屋』の寮に忍び込んでみようか」

と、思いつきを口にした。

「そうだな。一度、おさとさんに会ったほうがいいかもしれねえな。おさとさんの病も、綾菊や小蝶の件も同じ頃からだ。何かありそうだ」

平助が応じた。

「見つかったらことだぜ」

次助が心配そうに言う。

「いや。佐助なら出来そうだ」

平助は勝算ありげに口許《くちもと》を綻《ほころ》ばせた。

ふと、格子戸を叩く音が聞こえた。

「誰か来たようだ」

出て行った次助がすぐに戻って来た。

「『川田屋』のおかねという女中の使いだそうだ」

佐助はすぐに出て行った。

土間に、手代ふうの若い男が立っていた。

「佐平次親分さんでございますか。あっしはおかねさんに頼まれてやって参りました。天寿坊という山伏が大畑村の大畑明神に祈禱所を持っているとのことでございます」

「なんだと。天寿坊が見つかったというのか」

「はい。おかねさんが親分に知らせて欲しいというので駆けて来ました。どうも、夜分に申し訳ありませんでした」

「ごくろうだった」

使いの男が引き上げたあと、

「兄い。行ってみるか」

「ああ、与之助の死んだときのことを知っている人間だ。ぜひとも、話を聞かなきゃならねえ」

平助の目が一瞬だけ強く光を放ったような気がした。

翌日、『大浦屋』の寮に行くのを先延ばしにして、大畑村に向かった。

業平《なりひら》から小梅村を抜けて木下川薬師道を途中で逸《そ》れて、大畑村に入った。

晴れていた空が、だんだん厚い雲に覆われ、田圃の風景の暗く沈んでいるような鬱陶《うっとう》しさを覚えた。

途中、村人に訊ね、鬱蒼《うっそう》とした雑木林の中にある古びた神社にやって来た。大畑明神という汚れた幟《のぼり》が立っていた。

大畑明神は朽ち掛けた祠《ほこら》と、小さな社務所があるだけだった。さっきの村人の言うように、今は使われていないという。

壁板が剝《は》がれている社務所に向かった。

「ここらしいな」

次助が顔をしかめて言う。

軋《きし》む戸を開け、奥に呼びかけると、すっと白っぽい着物の若い男が出て来て、佐助の前に跪《ひざまず》いた。

「あっしは長谷川町の佐平次と申しやす。天寿坊さまはおりますかえ」

「はい。ただいま」

すんなり答え、若い男は奥に向かった。静かだ。まるきり、人気《ひとけ》がない。

さっきの男が戻って来た。

「どうぞ、こちらへ」

男に案内され、佐助たちは部屋に上がった。

床板が軋み、乱暴に歩けば埃《ほこり》が舞いそうなほど手入れが行き届いていないように思えた。

佐助は慎重に足を運んだ。

奥の部屋の前で、若い男が立ち止まった。

「どうぞ」

言われるままに、部屋に入る。

そこに、白装束に身を包んだ髭面《ひげづら》の男が待っていた。

「天寿坊どのか」

「さよう。天寿坊でござる。何か、用がある様子」

「四月終わり頃、浅草山川町の廃屋で、『川田屋』の与之助の祈禱をされやしたね」

「した」

天寿坊は暗い顔で答えた。

「そこで何があったのか、教えちゃくれませんかえ」

「恐ろしいこと」

天寿坊がぽつりと言った。

「わしは与之助という若者にとりついている怨霊を祓《はら》おうとした。だが、わしが呪文《じゆもん》を唱えているにも拘《かか》わらず、綾菊の霊が現れたようだ」

佐助は背筋を震わせ生唾を呑み込んだ。

「与之助はしきりに何かを叫んでいた。だが、わしは祈禱に精魂を傾けていた。やっと祈禱を終えて振り返ったとき、与之助が短刀で自分の喉をついて死んでいた。すべて、わしが祈禱をしている間に起こったこと」

天寿坊は傍にいた若い男に目を向け、

「これ、天小坊《てんしょうぼう》。おまえから話してやりなさい」

と声をかけ、佐助に視線を戻し、

「この天小坊は与之助が果てるまでの様子を隣の部屋から見ておったのだ」

「はい。それはあまりにも恐ろしい光景でございました。私は金縛りにあったまま、身動《みじろ》ぎも出来ませんでした」

そう言ってから、天小坊はことの顚末《てんまつ》を話しはじめた。

「天寿坊さまがご祈禱をはじめられ、しばらく経ったときでございました。庭のほうにぽうっと明かりが点いたように白いものが浮かび上がりました。与之助さんは悲鳴をあげて、綾菊と叫びました。でも、私にはただ白いものが見えただけでした。そのうち、与之助さんがすぐに行くと言いながら、いつ持ったのか短刀を右手に持って自分の喉を突き刺したのです。さきほども申しましたように、私は金縛りに遭い、身動き出来ませんでした」

天小坊は苦しそうに息継ぎをして続けた。

「今度は突然、天寿坊さまの呪文の声が途切れ、その場に倒れておしまいになりました。ようやく、私の体が自由になると、与之助さんはすでに事切れておりました。このままでは、妙な疑いがかかるといけないと思い、私は経机などの祈禱の道具を片づけ、天寿坊さまを背負ってあの場から逃げました。申し訳ないと思いつつ、きょうまで隠しておりました。このとおりでございます」

天小坊は深々と頭を下げた。

「私の修行のいたらなさでござる」

天寿坊も素直に自分の非力を認めた。

「天寿坊どのは本山派ですかえ、それとも当山派？」

「わしは本山派だ」

「すると熊野」

「さよう。三井寺末寺の聖護院だ」

佐助はちんぷんかんぷんだった。

「峰入りは？」

「まだ、二度だ」

「すると、未先達《みせんだつ》」

「そういうことだ」

平助が下がった。

「与之助が自分で自分の喉を突き刺したのは間違いないようだ。おまえさんが見た白い影というのが綾菊の霊だったたってことか」

佐助は天小坊にきいた。

「そうだと思います」

「ちときぎやすが」

と、平助が脇から口をはさんだ。

「なぜ、与之助の祈禱をするのに、あの場所を選んだんですかえ」

「それはこういうことです」

天小坊が膝を進めた。

「天寿坊さまは最近になって江戸に出たばかりで、決まった祈禱所をまだ持っておりませぬ。それで、空いている家を物色中でございました。それで、あの家のことを知ったのでございます。でも、今から考えれば、天寿坊さまも綾菊の霊に操られていたのかもしれません」

「天寿坊どのは修行が足らぬと仰《おつしや》いましたが、与之助とすれ違っただけで物《もの》の怪《け》にとりつかれているとすぐに見破った。その眼力は相当なもののように思えますが、それでも祈禱がきかなかったのですかえ」

平助は迫るようにきいた。

「それだけ相手の怨念のほうが凄《すさ》まじかったということであろう。また、祈禱の効き目と眼力は別なのだ。たとえば、佐平次親分の背後に怨霊が漂っているのが見えまする」

「な、なんだって」

佐助は飛び上がりそうになるのをどうにか堪《こら》えた。だが、目が虚《うつ》ろに彷徨《さまよ》い、焦点が定まらなくなった。

「それは妙ではありませんかえ」

平助が反論するように言う。

「親分は綾菊と何の関係もねえ。それなのに、なぜ霊がとりつくって言うんですね」

天寿坊は厳しい顔で、

「佐平次親分は綾菊に関係しているものを身につけているのではござらんか」

覚えず懐に手を当て、佐助は悲鳴を上げそうになったが、喉につっかかって声にならなかった。

懐には綾菊の簪があるのだ。

「天寿坊どのにはわかるのか。もし、綾菊に関係しているものを持っているとしたら、どうしたらいいのですか」

佐助は震えを帯びた声できいた。

「いち早く、身から離したほうがいい。わしが預かり、祈禱しよう」

佐助が震えているのがわかったのか、平助が大声で、

「いや。その心配には及ばねえ」

と、断った。

「それならそれでよろしい」

天寿坊が応じると、すかさず天小坊が、

「それでは天寿坊さまにこれから客人が参ることになっておりますので」

「そうかえ。わかった。じゃあ、これでお暇をしよう」

佐助は立ち上がった。

「ところで、おまえさん方はいつもどこにいるんだね」

「はい。まだ、落ち着き先が定まっておりませぬ」

佐助は社務所を出た。

再び雑木林に入った。鬱蒼として、夕方のように薄暗い。

「兄い。どう思う？　天寿坊は俺が綾菊の簪を持っていることを見抜いた」

佐助は薄気味わるげに言う。

「うむ。確かにな。誰からきいたか」

「誰から聞くって言うんだ。知っているのは俺たち以外には『大浦屋』の鶴八か、あの場にいた者たち」

「どうして、今になって天寿坊が現れたのか、それが解せねえ」

平助は難しい顔をした。

「さっき言っていた末先達って何？」

「山伏は峰入りの回数によって位階が決まるんだ」

「おや、平助兄い。なんか妙だぜ」

次助が立ち止まった。

「うむ。どうやら、囲まれたらしいな」

「えっ、ほんとうか」

佐助は驚いて辺りを見回した。すると、右や左の樹《き》の陰から数人の男が現れた。

「誰でえ。おめえたちは。長谷川町の佐平次親分と知ってのことか」

次助が空気を震わせて怒鳴った。

「次助。佐助を頼むぞ」

「合点だ」

「兄い。なんなんだ、こいつら」

佐助は身をすくめた。

相手は全部で五人だ。皆、細身の男たちだ。危険な目つきだということまで皆共通している。

中でも兄貴ぶんらしい背の高い男がつと前に出た。

「佐平次。俺はおめえに何の関わり合いもねえ。だが、ある御方がおめえさんにたびたび訪ねてこられちゃ、落ち着かねえって言うんでな」

「ある御方だと」

「そうよ。おめえたちはこの場で死ぬのだから冥土《めいど》の土産に教えてやろうか。仏の久兵衛よ」

「なんだと、仏の久兵衛だと」

次助が素《す》っ頓狂《とんきょう》な声を張り上げた。

佐助は拳《こぶし》を握りしめた。

「そうよ。久兵衛もとう堪忍袋の緒が切れたそうだ。覚悟しな」

そう言うや、懐から匕首を抜いた。と、同時に他の仲間もいっせいに匕首を握った。いかにも匕首の扱いに馴《な》れた様子で構えた。

「おめえの名を聞かせてもらおうじゃねえか」

平助が懐に手を入れてきく。

「名前なんて、どうでもいいじゃねえか」

「いや。今度、仏の久兵衛に会ったとき、おめえのことをきいてみなきゃならねえ」

「冗談言うねえ。おめえにそんな機会は訪れねえ」

男は不気味な笑みを浮かべた。

「そんなご託を並べてねえで、早くかかってきやがれ」

次助が大声を張り上げた。

「おい。おめえたちはあのばかでかい男を料理してやんな」

さっと、四人が次助と佐助のほうに向かってきた。

佐助は次助の背中に隠れるようにした。

平助が兄貴分らしい背の高い男と対峙《たいじ》した。

小柄な男が音もなく迫って次助に向かって匕首を突き出した。次助の表情が一変した。

佐助も恐怖に顔が引きつった。

　相手は間も置かず、二撃、三撃と攻撃をしかけてきた。そのたびに、次助はのけ反《ぞ》って身をかわした。

　左右にも敵が迫っている。佐助は次助の武器になるものを探した。だが、おいそれとは手頃なものが落ちているはずはない。

　相手が襲ってきたときに匕首を持つ手首をつかまえようと、次助は腰を落として構えた。他の男が横にまわり、佐助に襲い掛かった。

　ひぇえっと、声にならない声を上げ、佐助はあとずさった。なおも相手が匕首を突き出したとき、次助がその男に飛び掛かった。

　つかんでしまえば次助のものだ。軽々と、男を頭上に持ち上げた。男が手足をばたつかせ、あわてふためいている。

　他の者の足が止まった。次助は持ち上げた男を三人のいるほうに放《ほう》り投げた。あわてて、三人は逃げまどった。

　平助は兄貴格の男と死闘を演じていた。相手は滑るように平助に迫り、匕首を突き出すや、またさっと離れる。平助は二丁十手を構えたまま、防戦一方になっていた。

　どうやら相手の男は武術の心得があるようだ。平助の顔に赤みが射《さ》してきた。だが、相手の男の表情も強張《こわば》っており、さっきの余裕を失っていた。

　間合いが詰まったとき、相手の匕首が平助の胸を襲った。平助も踏み込み、十手で匕首を払った。もう一方の十手で相手に攻撃するが、そのときはすでに相手は横に飛んでいた。素早い動きだ。

だが、今度は平助はなおも男に攻撃をしかけた。相手も踏み込んできた。平助は相手の匕首を十手の鉤《かぎ》ではさんだが、相手は平助のもう一方の手首をつかんだ。

その格好で押し合いになった。平助がぐっと相手を押し込み、さっと背後に倒れ込むように背中をじべたにつけて、相手の鳩尾《みぞおち》に右足を当てて、相手の体を浮かび上がらせ、頭の上のほうに投げ飛ばした。

悲鳴をあげて、男は背中からじべたに落ちた。

平助が素早く立ち上がり、その男につかみかかろうとしたとき、いつの間に現れたのか、新たな仲間がふたり割って入った。

割って入った男は兄貴格の男を起こし、「引くんだ」と言い、新たなふたりを含んだ七人はいっせいに踵を返して逃げた。

「兄い。だいじょうぶだったか」

佐助は平助のもとに駆け寄った。

「だいじょうぶだ。次助は？」

「俺は平気だ」

次助もやって来た。

「よかった」

佐助は安堵の胸をなでおろした。

「ちくしょう。仏の久兵衛め」

次助が吐き捨てた。

「でも、ほんとうに久兵衛だろうか。それを聞いたとき、かっとなったけど、久兵衛にそこまで命令出来る仲間がいるとは思えねえ。どう思う、平助兄い」

「うむ」

平助は考え込んでいる。

次助がきいた。

「じゃあ、誰だと言うんだ？」

「盗品を捌く頭目の仕業かもしれねえ。久兵衛に盗品を出すように言われ、俺たちを襲ったとも考えられなくはないか」

「佐助の言うように、久兵衛がそこまでするとは思えねえ。それに、久兵衛の仕業だとしたら、わざわざ久兵衛の名前を出すような真似はさせないだろう。ただ、久兵衛の名を出して俺たちを襲ったところをみれば、佐助の言うように久兵衛が接触した盗人の頭目ということも考えられる。だが」

次助は腑《ふ》に落ちないという顔をした。

「兄い。何かひっかかるのか」

「それだったら、何も俺たちを襲う必要はねえ。そんなことをしたら、久兵衛の顔を踏みにじることになる」

「じゃあ、奴らは何者なのだ」

「天寿坊に会った帰りに襲われた。まるで、奴らは俺たちが天寿坊に会うことを知っていたようじゃねえか」

「そうだ。あとをつけられた形跡はなかった」

次助が応じる。

「じゃあ、『川田屋』の女中のおかねの使いっていう男は俺たちをここに誘き出す役目だったのか」

「そういうことだ」

「何のために?」

「さっき、天寿坊は佐助が懐に持っているものを言い当てた。それが目当てだったのかもしれねえ」

「でも、なぜ、綾菊の簪なんか」

佐助は懐の簪を取り出した。

平助は顎に手を当てて考え込んでいたが、ふと顔を向けた。

「こいつは、どうやらとんだ裏がありそうだ」

「裏?」

佐助も次助も、同時に平助を見た。

「その前に、おさとさんに会うんだ。佐助、いいな」

「わかった」

何も言おうとしなかったが、平助が何か気づいたのに間違いはなかった。

第四章　隠れ家

一

奥山の楊弓場《ようきゅう》で遊んでいたが、どうも面白くない。

弥三郎は矢場女の引き止める声を聞き流して、外に出た。今にも降りだしそうな空だった。そんな天気も弥三郎を気うつにさせていた。

羅生門河岸の『牡丹屋』のおろくのところにも通えなくなった。姿を変え、こっそり廓《かく》内《ない》にもぐり込んでみようかとも思ったが、岩五郎に見つかりでもしたらとんでもないことになる。

最近、親方からまわって来る仕事も少なく、博打《ばくち》をしても目が出ない。どうも八方塞《ふさ》がりだと、弥三郎は落ち込む。

それにしても誤算だったのは『大浦屋』のことだ。てっきり、楼主鶴八の弱みを握ったと喜んだものの、それは的外れだったようだ。

だが、最初はこっちの話に乗って来たということは、鶴八は何らかの後ろ暗いことがあるという証《あかし》だ。ちくしょう。鶴八にも一泡吹かせてやりてえ、と弥三郎は歯《は》噛《が》みをした。

本堂の前に差しかかったとき、ふと長太と佐平次親分のことを思い出した。確か、佐平次は長太に質入れの簪《かんざし》のことを聞いていた。綾菊の簪らしいのだ。何か思い出したことがあったら知らせてくれと、佐平次に言われていた。

その後、何か思い出したことがあったかもしれない。弥三郎は馬道の小料理屋『おしん』にまわってみることにした。

境内の東にある隋身門を出ると、北馬道町だ。

小料理屋『おしん』はまだ暖簾《のれん》は出ていなかった。長太は板場で仕込みをしていた。

勝手に店に入り、弥三郎が顔を出すと、長太は顔を強張《こわば》らせた。

「長太。心配すんな。ちと、ききてえことがあるんだ」

「なんでえ」

長太は気弱そうに言う。

「この前、佐平次親分は簪のことをきいていたな」

「ああ」

「坂吉が質入れしたものだ。そのことで、何か思い出したら知らせて欲しいと佐平次親分に言われていたな。何か思い出したことがあったか」

「別に、たいしたことじゃねえから、親分には知らせていねえ」

「どんなことだ？　たいしたことじゃなくても、教えてくれ」

「質に入れておけば家捜しされてもだいじょうぶだと、坂吉が言っていたんだ」

「家捜し？　誰が家捜しをするって言うんだ」

弥三郎は小首を傾《かし》げた。

「それだけだ。すまねえ、もうそろそろ支度をしなきゃならねえ」

「わかったぜ」

弥三郎が引き上げかけたとき、女将《おかみ》が店に入って来た。色っぽい年増《としま》で、長太と出来ているなと思いながら、弥三郎は会釈してすれ違った。

阿部川町の長屋に向かいながら、弥三郎の頭の中は簪のことを考えていた。家捜しをするとしたら『大浦屋』の鶴八しか考えられない。だが、どうして鶴八が綾菊の簪を手に入れようとするのだ。それほどの貴重なものなのか。

わからねえと、弥三郎は舌打ちをして、田原町から門跡前の通りに出ようとしたとき、目の前を四つ手駕籠《かご》が通って行くのを見た。そして、駕籠に乗っていた女に目が釘付《くぎづ》けになった。

たちまち女の顔は弥三郎の視界から消えた。堅気とは思えない色香のある女だ。囲われ者かもしれない。その駕籠の後ろから目つきのよくない男がふたりついて行くのがわかった。

女の連れのようだ。いや、連れというより見張りといった感じだ。女の顔に微《かす》かに覚えがあった。が、すぐには思い出せない。

駕籠とそれに従うふたりの男は新堀川を越え、稲荷町のほうに向かう。

何か引かれるものがあった。弥三郎は駕籠をつけた。稲荷町から途中の道を北に折れた。

道の両側に寺が並んでいる。

ふたりの男はときたま用心深く辺りに目を配っている。

やがて、駕籠がとある寺の前で止まった。女が下り、山門に入って行った。弥三郎は目の前にあった花屋に飛び込んだ。

そして、買い求めた墓参用の花を持って、門をくぐった。西国寺とあった。

女の姿はなかったが、本堂の裏手にある墓地へ向かった。案の定、女は墓地の間を縫って行った。

桶《おけ》を持ち、弥三郎は墓参りの様子で、近づいた。見張りの男が振り返った。弥三郎はそのまま歩いて、途中の角を曲がった。

墓石の合間から女の姿が見える。女が立ち止まったのを見て、弥三郎は足を止めた。

弥三郎は、誰の墓かわからないが、たまたま目の前にあった墓に花を手向けた。女がお参りしている姿が見えた。

その墓の位置を確かめてから、弥三郎はその場から離れた。

そして、弥三郎は本堂の前に立った。参拝する振りをしながら、女と見張りの男が引き上げるのを待った。

やっと女が戻って来た。ふたりの男も弥三郎を気にすることなく山門に向かった。

弥三郎はすぐに墓地に戻った。そして、さっき女がお参りしていた場所に行った。そこは、『川田屋』の与之助の墓で、新しい卒塔婆《そとば》が立っていた。

そう言えば、確か与之助が死んだのはひと月ほど前。そうか、きょうは与之助の月命日だ。

与之助の月命日に墓参りする色っぽい女。いったい、誰なんだ。堅気とは思えない。首を傾げたとき、頭の中で雷鳴が轟《とどろ》いたような衝撃を受けた。

（まさか）

まさか、と二度続けて呟《つぶや》いた。だが、そう思うと、そのことが間違いないように思われてきた。

あの女は綾菊だ。弥三郎は興奮した。髪形や着るものもすっかり変わっているが、綾菊に違いなかった。

急いで、弥三郎は女のあとを追った。

山門を出た。女を乗せた駕籠は見えなかったが、心配はいらない。来た道を戻れば追いつくはずだ。

案の定、稲荷町で例の駕籠を目にとらえた。相変わらず、ふたりの男がついている。

弥三郎はすっかり事情が呑《の》み込めてきた。

坂吉と常七が浄閑寺で見た亡骸《なきがら》は綾菊ではなかったのだ。では、それは誰か。小蝶だ。小蝶だったに違いない。

小蝶は河岸見世に落とされても、まだ鶴八と逢瀬《おうせ》を重ねていた。そのことを知った鶴八の女房が小蝶を折檻《せっかん》したのだ。その折檻のために小蝶は死んだのだ。女房が自分の亭主と出来た遊女を許すはずはない。

だが、その小蝶の亡骸はどういうわけか綾菊として浄閑寺に投げ込まれたのだ。そのことに気づいた坂吉と常七は『大浦屋』の鶴八を威《おど》しにかかった。だが、ふたりとも消されてしまった。

綾菊はどうしているのか。自害しようとしたが、助けられたのではないか。綾菊は生きていたのだ。

これが真相だったのだ。だから、俺が鶴八を威したとき、俺が見当違いのことを言っていたので、鶴八は強気に出たのであろう。おそらく腹の内でせせら笑っていたに違いない。

ちくしょう。このままでは、腹の虫が収まらねえ、と思いながら、弥三郎は駕籠のあとをつけた。

駕籠は蔵前通りを行く。

鶴八をどうしてくれよう。だが、岩五郎からは廓内に立ち入ったらすぐにとっ捕まえると威されている。

ともかく、綾菊の住いを見届けるのだ。それからだ、今後のことはと、弥三郎はひとの往来の激しい通りを駕籠を見失わないようにつけて行った。

二

朝日弁財天を囲んでいる池の辺《ほとり》に、『大浦屋』の寮がある。高い黒板塀で囲まれて中を窺《うかが》い知ることは出来ない。

入谷『大浦屋』の寮の門を、紫地にあられ紋の江戸小紋を着た若い女が入って行った。優雅でいながら、男心をそそるような色香が溢《あふ》れ、ここに来るまでにもすれ違う男たちが感嘆の声を上げたほどの妖艶《ようえん》さだった。

女が入って行くのを見て、奥から誰かが出て来た。

「どなたですかえ」

寮番と思える白髪混じりの年寄りが無遠慮に女を見て言う。

「私は『大浦屋』の旦那《だんな》さまに頼まれて、綾糸さんのお見舞いに参りました」

女は鈴を鳴らしたような声で、寮番の男に声をかけた。

「旦那さまの?」

寮番は疑わしそうな表情をした。

「はい。私は旦那さまの、つまり……」

女は恥じらうように俯《うつむ》いた。旦那の囲われ者だということを匂《にお》わせると、寮番はすぐ納得したようで、

「それはごくろうさまでございます。さあ、どうぞ、お上がりください」

寮番が奥に向かって声をかけると、女中らしい女が出て来た。

「旦那さまのお知り合いだそうで。綾糸さんのお見舞いだそうです」

「どうぞ」

きつね目の女中は無表情で、案内に立った。

大きな家だ。二階もあるようだが、女中は庭づたいに一番奥の部屋に向かった。障子が閉まっていた。

部屋の前で声をかけ、女中が障子を開けた。

綾糸ことおさとが体を起こした。

「さあ、どうぞ」

女は中に入った。

おさとが不思議そうな顔をした。

「ご気分はいかがでございますか」

女は女中が去って行ったのを確かめてから、

「おさとさん。驚かしてすまねえ。佐平次だ」

と、佐助は名乗った。

「えっ、佐平次って、まさか……」

「そうだ。こうしねえと、なかなか会えねえんでな」

まだ、おさとは目を丸くしている。

「ここに来るために、こうした姿をしているんだ」

「ほんとうにお美しい」

おさとはまだ驚いていた。

「おさとさんが床に臥《ふ》していると聞いて、次助も心配している。なにしろ、だいぶ長い療養だからね」

「申し訳ありません。もう、だいぶいいんですけど」

口調は佐助のものになったが、姿が女なので、おさとはなんとなく居心地が悪そうだった。

「馴《な》れない環境で苦労もあったんだろうな」

佐助はいたわるように言う。

「覚悟を決めていたつもりでも、なかなかこのような商売に馴染《なじ》めなくて」

おさとは悲しそうに言う。

「おさとさん。じつは、俺たちでおさとさんを身請けしたいと思っているんだ。そしたら、素直に受けてくれるかえ」

「いいえ。ありがたいお話ですけど、たいそうなお金がいります。そんな真似《まね》はさせられません。ごめんなさい」

おさとがいきなり謝った。

「私がいけないんです。もっと割り切って商売に励めば、佐平次親分や次助さんにもよけいな心配をかけずにすんだのです」

「違う。俺たちはおさとさんをこんなところに置いておきたくないんだ」

次助兄いはおめえさんを嫁にしたいと思っているのだと喉元《のどもと》まで出かかった。

「そう言っていただいてうれしいです。でも、兄さんが島で苦労をしているんですもの。私もここで頑張ります。それが私の勤めですから」

おさとは島送りになっている兄竹蔵のことを口にした。

「おさとさん。なにも、しなくていい苦労ならしなくていいんじゃねえのかえ」

「親分さん。『大浦屋』の旦那さんから言われてるんです。亡くなった綾菊のぶんまで稼いでもらうと。ですから、身請けなど、旦那さんは許してくれないはずです。それがなくても、私はあそこで兄さんの帰りを待つつもりです」

おさとは固い決意で言った。

「そうか」

佐助は落胆の声をもらした。

が、すぐに気を取り直して、平助から言いつかってきたことを口にした。

「おさとさんは綾菊とは親しかったのかえ」

「はい。よくしていただきました」

「与之助という男のことも知っていたのかえ」

「聞いております」

　おさとは目をそらした。

　佐助はおやっと思った。おさとの表情が強張った。なぜだ、と佐助はまじまじとおさとの顔を見つめ、

「おさとさん。正直に話してくれないか。おさとさんが出養生に出たのは綾菊が死んだ直後ぐらいだった。ひょっとして、綾菊のことで何か知っていたんじゃないのかえ」

「ええ」

　おさとは言葉を濁した。

「綾菊が与之助と心中をしようとしたことも知っていたのでは?」

　おさとは目を閉じた。

「どうした、おさとさん?」

「はい。知っていました。綾菊さんに、身請け話が出ていたのです。身請けされると、与之助さんに会えなくなる。だから、あのようなことを」

「身請け話だと?　綾菊を身請けしようとしたのは誰なんだね」

「いえ、聞いてはおりません」

　おさとの顔色が悪い。

「おさとさんは綾菊のことで何かを知っているね。なんだね。話しちゃくれないか」

「私……」

おさとが掠《かす》れた声を出した。その目は虚《うつ》ろに空を彷徨《さまよ》った。

おさとは大きなため息をもらして、

「私は綾菊さんを裏切ってしまいました」

「裏切っただと？」

おさとは嗚咽《おえつ》をもらした。

「おさとさん。どういうことなんだ？」

「はい」

おさとはためらっていたが、意を決したように顔を上げた。

「あの夜、綾菊さんの様子がおかしいので、そのことを夜回りの男衆に告げてしまったのです」

「告げた？　心中をする日か」

「はい。それから旦那さまたちが綾菊さんの部屋に押しかけました。自害をとめたようですが、綾菊さんはその後、折檻されました」

「折檻？」

「はい。柱に縛りつけて殴っているようでした。そのうめき声が聞こえて……」

おさとは嗚咽をこらえながら続けた。

「あのまま、黙っていたほうが綾菊さんのためだったのに、私がよけいな真似をしたばかりにかえって酷《ひど》い目に」

「そうだったのか。おさとさんが報《しら》せたのか」

「次の日にも、奥の部屋から笞《むち》の音とうめき声が聞こえました。そのとき、私はとんでもないことをしてしまったと後悔しました。綾菊さんが死んだのは折檻のせいに違いありません」

「そのことで悩んでおさとさんは病気になっちまったんだな」

「はい。あのまま死なせてあげたほうが綾菊さんには幸せだったのではないかと思うと、私はとんでもないことをしてしまったようで」

　おさとは息苦しそうに胸に手を当てた。

「おさとさん。こいつを見てくれ」

　佐助は例の銀製の平打簪《ひらうちかんざし》を見せた。

「これは綾菊のものか」

「いえ、違います」

　おさとはそれを手にした。

　即座に否定した。

「違う？　どうしてそう言い切れるのだね」

「はい。綾菊さんは銀製の簪は使いませんでした。金か、あるいは鼈甲《べっこう》です。それに花なら名前に縁《ゆかり》の菊の文様しか使いません」

「これは綾菊のものではないのだな」

「はい」

「そうか。やっぱしそうだったんだ」

「何がでしょうか」

おさとが不思議そうにきいた。

「おさとさん。折檻されているのはほんとうに綾菊だったろうか」

「えっ」

「顔を見たわけじゃないんだろう」

「はい。あとから旦那さまに、綾菊を折檻していたら亡くなってしまった。病死として始末するから、このことは他言しないようにと言われたのです」

「なるほど」

「でも、私が落ち込んでいるので、旦那さんから落ち着くまで出養生しろと強く勧められました」

『大浦屋』にすれば、おさとの口を封じる意味もあって、出養生をさせたのだろう。

「佐平次親分。いったいどういうことなのでしょうか」

「じつは、綾菊と与之助が時刻を合わせて別々の場所で自害すると約束したんだが、与之助は自害をやめちまったんだ」

「えっ、ほんとうですか」

「そうだ。それに、綾菊は生きているかもしれねえんだ」

おさとの表情が陽射《ひざ》しを浴びたように輝いた。

「ほんとうなのでしょうか。綾菊さんが生きているというのは？」

「その可能性が高い」

「じゃあ、折檻されていたのは誰なんでしょうか」

「おそらく、この簪の持主だ」

折檻されていたのは小蝶だったのではないか。

「じゃあ、綾菊さんは今どこに？」

「まだ、わからない。表向きは、綾菊は死んだことにされているからだ」

廊下に足音がした。

「もう行かなきゃならない。おさとさん、くれぐれも体をいとうんだぜ」

「はい」

「おさとさん、達者で」

「次助さんにもよろしくお伝えください」

おさとは一途《いちず》な目を向けた。

さっきの女中が声をかけて障子を開けたとき、佐助はすでに立ち上がっていた。

「あら、お帰りですか」

「はい。元気なようなので安心しました」

寮番の年寄りに見送られて、佐助は寮の門を出た。

平助と次助が待っていた。佐助は黙ってそのまま下谷御切手町《おきりてちょう》の寺にやって来た。

山門を入り、庫裏《くり》に向かう。あとから、平助と次助もやって来た。

住職に断り、奥の部屋を借りて、元の姿に戻った。

そして、改めて、おさとのことを話した。

「そうか。おさとさんが綾菊の自害に気づいたのか」

聞き終えた次助が感慨深げに言う。

「綾菊に対しての申し訳ないという思いがおさとさんの心を弱らせていたんだ。綾菊が生きていると知って心の重しがとれたようだった」

「それはよかった」

次助はしんみり言った。

だが、おさとがこっちの身請け話を断ったと話すと、次助は声を失った。苦界で、兄竹蔵の帰りを待つというおさとの強い気持ちを知り、次助はやりきれない思いを抱いたようだった。

「おさとさんのおかげでだいぶ真相に近づいたぜ」

さっきから黙って聞いていた平助が口を開いた。険しい顔つきになっているのは何かがわかったからに違いない。

佐助と次助は平助の言葉を待った。

「大浦屋は綾菊を身請けにかこつけて誰かに売ったのだ。自害しようとしたことを表沙汰《おもてざた》にすれば大浦屋は大損をしかねない。そこで、綾菊に執心していた客に身請けをさせたのだ。折檻されていたのは、おそらく小蝶だろう」

「大浦屋の鶴八と通じたことで、内儀《おかみ》や遣り手から折檻を受けたのだな」

柱にくくりつけられ、笞で殴られている光景を想像して、佐助は眉《まゆ》をひそめ、

「ところが小蝶は息が絶えてしまった。いや、もしかしたら綾菊の身代わりにしようとして殺したのかもしれねえな」

と、呟いた。

「そうだ。綾菊の身代わりにするために小蝶を犠牲にしたのだ」

「ひでえことを」

次助が口許《くちもと》を歪《ゆが》めた。

「綾菊に執心していた客を調べれば、綾菊の居場所はわかる」

「よし。大浦屋を問い詰めるか」

「いや。まだだめだ。証拠がない。それより、岩五郎親分に頼んで、茶屋にきいてもらおう。茶屋にきけば、綾菊の馴染みがわかるはずだ」

「よし」

『大浦屋』の綾菊と遊ぶときは客は茶屋を通し、茶屋に綾菊を呼び、それから綾菊に連れられて『大浦屋』に向かうのだ。

住職にあとで荷物をとりに来ると言い、佐助たちは下谷龍泉寺町から日本堤に出て吉原

に向かった。

綾菊を身請けしようという客はかなりな大尽に違いない。

衣紋坂を下り、大門のとば口にある面番所に入った。

「おう、おめえは佐平次じゃねえか」

伊十郎の先輩という隠密廻《おんみつまわ》り同心の犬飼だ。

「へえ。いつぞやはお世話になりやした。岩五郎親分はおいでじゃねえんで」

「岩五郎はさっき羅生門河岸で騒ぎがあって飛んで行ったぜ。なあに、酔っぱらいの喧嘩《けんか》よ。追っつけ戻ってくるだろう。まあ、座って待て」

「へえ」

座敷の上がり框《かまち》に腰をおろしかけたとき、戸障子が開いて、岩五郎が顔を出した。

「なんでえ、おめえか」

岩五郎は不快そうな顔をした。

「親分。ちと頼みがあるんで」

佐助は立ち上がって言う。

「なんでえ」

煩わしそうに、岩五郎は顔をしかめた。

「『大浦屋』の綾菊の馴染みの名を知りたいんですよ。茶屋にきいてみちゃくれませんかえ」

「なんで、そんなことを調べるんだ?」

「親分は知らないほうが」

「ちっ」

岩五郎は指で顔をぼりぼりかいてから、

「しょうがねえな。俺がつきそうから、おめえがきけ」

「へい、わかりやした」

「旦那。ちょっと行ってきやす」

岩五郎は同心に断り、面番所を出た。

仲の町の両側に引手茶屋が並んでいる。入口の柱に屋号をかいた掛行灯《かけあんどん》。大尽だろうから、大茶屋に入って綾菊を呼んだに違いない。

廓内では七軒茶屋と呼ばれる七軒の茶屋が最高級で有名だった。

見当をつけたとおり、七軒茶屋の三軒目に寄った大茶屋で綾菊の馴染みの大尽の名がわかった。綾菊を身請けしたいという話を女将《おかみ》にしていたという。

すでに、綾菊は表向き死んでいるのに、なかなか教えてくれようとしなかったが、岩五郎の手前もあってか、渋々女将は口を開いたのだ。

「飯倉屋金右衛門さまです。深川今川町で茶道具を売っていると聞きました。綾菊さんが亡くなってから、お見えではありません」

女将が足の遠ざかった客に不満そうに言った。

飯倉屋金右衛門は四十絡みの恰幅《かっぷく》のよい男だという。いくらかかってもいいと身請けに乗り気だったという。綾菊はその男に渡ったとみていい。

『大浦屋』の亭主は自殺未遂の花魁《おいらん》を大金で飯倉屋に売ったのだ。綾菊の自害騒動は飯倉屋も承知のことだったのだろう。

「岩五郎親分。助かりやした」

茶屋を出て、佐助は礼を言った。

「佐平次。いってえ、何を調べているんだ?」

岩五郎は焦《じ》れたようにきいた。

「綾菊の自害には裏がありそうなんでえ」

「裏だと?」

岩五郎は不安そうな顔をした。

「まだ証拠が見つかったわけじゃねえんで。いざというときには岩五郎親分に相談しやす。それまで佐平次が勝手に調べていたことで、親分は知らないことに」

「よし。はっきりしたらちゃんと教えてもらうぜ」

「へい」

面番所に戻ろうとしたとき、大門を潜《くぐ》ってきた男に岩五郎が声をかけた。

「おう、市助。精が出るな」

「これは岩五郎親分で。ご苦労さまでございます」

腰を低く、市助はすれ違って行った。

「確か、文使いの市助」

佐助は五十年配の男を見送って言う。

「知っていたのか。遊女の文を客に届けて来たのだろう」


その翌日、佐助たちは深川の今川町にやって来た。仙台堀の南側にある町だ。

その町を歩き回ったが、何度か歩き回ってようやく『飯倉屋』という看板のかかった店を見つけた。

それぐらい目立たず、間口一間ほどの小さな店だった。背後にある土蔵は隣家の足袋《たび》問屋のと比べるとずいぶん貧弱だった。

通りすがりに店を覗いたが、申し訳程度に茶道具が並んでいて、若い男がひとりで店番をしているだけだった。

河岸に出て、佐助は首をひねった。

「兄い。そんな繁盛しているようには思わねえな」

綾菊を大金をはたいて身請けするほど儲《もう》かっているようには思えなかった。それより、身請けどころか、そう頻繁に『大浦屋』に足を向けることさえたいへんそうだ。

平助が難しい顔で川面《かわも》を見つめていた。

「兄い。何を考えているんだ?」

「内証は表からだけじゃわからねえ。念のために、飯倉屋のことをきいてみるんだ」

「わかった」

『飯倉屋』の並びにある酒屋に入り、亭主に飯倉屋金右衛門のことを訊《たず》ねた。

「はい。あそこはほとんどお客のところに出向いて商売をしているそうです。ですから、店は狭くても関係ないようです」

「客のところに出向くというのは？」

「はい。注文の品物が入ったら客のところに持って行くだけだそうです。まあ、いってみれば、品物を右から左に流すだけの商売ですよ」

売りたい人間と買いたい人間を結びつけるのが仕事だと、亭主が言った。

「どういう人間が出入りしているかわかるかえ」

「いえ、ほとんど夜にやって来ているようで」

「夜だと？」

「ええ。あまし、昼間はひとの出入りはないみたいですねえ」

「女はいるのか」

「いえ、亭主に若い男がいるだけで」

「あまり、繁盛していないのか」

「いいえ。そうでもないようで。かなりいい品物を扱っているという噂《うわさ》です」

「いい品物？」

あっと、佐助は平助の顔を見た。

平助も目顔で頷く。

ひょっとして、武家屋敷からの盗品がここで捌かれているのではないかと、佐助は思ったのだ。

「飯倉屋さんにはどこかに寮でもあるんですかえ」

平助が横合いからきいた。

「さあ、知りません。ただ、たまにしか見掛けませんから、他に住いがあるのかもしれません」

小柄な亭主は『飯倉屋』にかなり酒を届けているという。

礼を言って酒屋を出た。

「兄い。まさか、あそこは」

佐助の言いたいことを察したのだろう、平助はすぐに応じた。

「そうだ。盗品があそこに集められているのかもしれない。それなら、綾菊を身請け出来るはずだ。だが、あそこに綾菊はいないようだ」

「別の家か」

「そっちがほんとうの住いかもしれない。綾菊はそこにいるに違いねえ」

「ここで見張っていて、飯倉屋のあとをつけるか」

そうするしかほんとうの住いを見つけることは出来そうもなかった。

再び、『飯倉屋』のほうに足を向けたとき、

「おい、隠れろ」

と、平助が叫んだ。

あわてて、小間物屋の角の路地に入った。

そして、首を伸ばした。

「あっ、あれは」

佐助は向こうから歩いて来る男の正体に気づいた。

「仏の久兵衛だ」

平助も覗きながら言う。

「久兵衛だって」

次助も佐助の頭の上から首を出した。

久兵衛が角を曲がった。佐助はすぐ飛び出した。

角まで行き、注意深く、久兵衛の姿を探す。案の定、『飯倉屋』に入って行った。

「どうやら久兵衛は俺たちとの約束を果たそうとしているようだ」

平助は冷めた表情で言う。

「やっぱし、飯倉屋は盗品を扱っているんだな」

「うむ。間違いないだろう。この前、襲って来た連中は飯倉屋の仲間だ。飯倉屋と吉原の大浦屋が繋《つな》がっているとすれば、この前の襲撃も説明がつく」

「どうする?」

「まず、飯倉屋のもう一つの住処《すみか》を見つけることが先決だ。へたに踏み込んでも、言い逃れされてしまう。しっかりとした証拠をつかまなくちゃだめだ」

「じゃあ、どうするんだ?」

「井原の旦那や長蔵たちの手も借りよう」

「わかった」

佐助は渋々頷いた。

それから、押田敬四郎に連絡をとるために八丁堀に向かった。

永代橋を渡ると、北新堀町を抜けて行徳河岸に出た。

平助兄いが蘭学者と会っている二階家はすぐ近くだ。だが、平助は表情を変えずに、そのまま先に進んだ。

八丁堀の押田敬四郎の屋敷に行き、明日の朝、井原伊十郎の屋敷に来てくださるようにと出て来た若党に頼み、それから伊十郎の屋敷に行った。

伊十郎の屋敷では、やはり若党に、明日の朝、押田の旦那と長蔵親分とこの屋敷で会うことにしたとの言づけを頼んだ。

あの旦那のことだから、のんびり女のところに寄る可能性もあるが、盗品を見つけ出す期限が迫っているのだ。そんな暢気《のんき》にはしていられないだろう。

その夜、長谷川町の家で、夕餉《ゆうげ》のあとをくつろいでいると、格子戸が開いた。あの音は伊十郎だ。

駆け込むように入って来て、

「佐平次。おめえは、またよけいなことに手間隙《てまひま》とられているな」

走って来たのだろう、伊十郎は息を弾ませて言う。

「旦那。なんですね。いきなり」

佐助は不思議そうにきいた。

「なんですねじゃねえ。きょうはどこに行っていた」

「どこって？」

「吉原だろう。また、綾菊って花魁のことを調べまわっていたそうじゃねえか。おう、平助も次助もいってえ何を考えているんだ」

伊十郎は顔を紅潮させ、なおも口から泡を吹くように、

「立花の殿さんの出府まであとわずかだ。そんな大事なときに、まだ花魁のことに首を突っ込みやがって」

「まあ、落ち着いてくださいな。今、お茶でもいれますから」

「ばかやろう。これが落ち着いていられるか」

突っ立ったまま、伊十郎は肩で息をしながら目を剝《む》いている。

次助は茶碗《ちゃわん》を差し出した。

「さあ、旦那」

伊十郎は乱暴にあぐらをかき、茶碗を受け取った。

口に運んで、伊十郎はおやっという顔をし、それからいっきに喉《のど》に流し込んだ。

「うめえ」

伊十郎はお代わりを求めた。

どうやら、少しは落ち着いてきたようだった。

「旦那。じつは盗品を扱っている人間の目星がついたんですよ」

「今、何て言った？」

「盗品を捌いている人間ですよ」

「見つけたってのか。それはほんとうか」

「へえ。ただ、まだ証拠はねえ。それで、押田の旦那や長蔵親分の手を借りようとしたのです」

明日の朝、伊十郎の屋敷に来るように言づけて来たと言うと、伊十郎は露骨に顔をしかめた。

「奴らに手掛かりを教える必要はないだろう」

「いえ。ここは長蔵親分たちの手が必要なんです」

「ちっ。まあ、いい。で、誰なんでえ？」

「深川今川町に茶道具を扱っている『飯倉屋』という小さな店がありやす。そこの亭主は金右衛門と言い、こいつが仲間に盗ませて、金持ちの旦那衆に売りさばいている。そう見やした」

「どうして、わかったんだ？」

「じつは、この飯倉屋金右衛門は『大浦屋』の綾菊の馴染みだったんですよ」

「すると、おめえたちが綾菊のことを嗅《か》ぎまわっていたってのは」

「へえ、そのとおりで。まだ、はっきりしなかったので、旦那から見れば、盗人の探索がおろそかになっていると映ったかもしれませんがね」

佐助は涼しい顔で言った。

「そうか。そいつは知らなかった」

「なあに、いいってことですよ」

「それにしても、よく綾菊のほうとつながりがあるとわかったな。はじめから、そう睨《にら》んでいたのか」

「まあ、その……」

佐助が返事に窮すると、平助がすぐに助け船を出した。

「吉原で大尽遊びをしている人間がいないか調べてみたんですよ。そしたら、綾菊に執心している男がわかった。そういうことです。それより旦那。これからのことですが」

平助は話をそらした。

伊十郎はつられたように真顔になった。

翌日、朝餉を食べ終えて、すぐに八丁堀に向かった。

伊十郎の屋敷に着き、しばらくして押田敬四郎と長蔵も庭からやって来た。

「おうおう佐平次。俺たちをここに誘き出して何様のつもりでいるんだ」

長蔵が佐助の顔を見るなり、さっそく厭味を言う。

「すまねえ。ここなら気兼ねがいらねえと思ったものですから」

「長蔵。まあ、いい。佐平次の話を聞こう」

押田敬四郎が伊十郎の座っているところから少し離れた縁側に腰を下ろした。

「佐平次。さっそく話を聞かせてやれ」

伊十郎が渋い顔で言う。

「へい。盗んだ品物を捌いている人間の手掛かりがつかめたんですよ」

押田敬四郎と長蔵の顔色が変わった。

「深川今川町の『飯倉屋』の亭主の金右衛門で、表向きは茶道具の店を開いていやすが、実際は金持ちの旦那衆に盗品を売りつけているのに違いありません」

長蔵の顔が紅潮してきたのは佐平次に先を越されたという屈辱感なのだろうか。きつく握った拳《こぶし》が小刻みに震えていた。

「だが、証拠がないんです。そこで、長蔵親分の力をお借りしたいと思いましてね」

「わかったぜ。で、何をすればいいんだ?」

気を取り直したように、長蔵がきいた。

「飯倉屋には別宅がある。そこが本拠で、盗品などもそこに隠してあるに違いありやせん。まず、その別宅を見つけることです」

平助から言われたとおりに、佐助は話した。

「よし。それは俺にまかせてもらおう」

長蔵は気負って答えた。

飯倉屋のほうを長蔵たちに任せ、佐助は大浦屋鶴八のほうを調べることにしたが、廓内のことになれば、やはり岩五郎の手を借りなければならなかった。

田町の岩五郎の家に向かう途中、幸いなことに向こうから歩いて来る岩五郎と出くわした。

「ちょうどよかった。今、岩五郎親分をお訪ねするところだったんです」

佐助は相手を立てるように言う。

「ふん。なんでえ」

「綾菊は生きてますぜ」

「なんだと」

「自害したというのは大浦屋鶴八の嘘《うそ》だ。坂吉と常七が浄閑寺で見た亡骸は綾菊のものではなく、小蝶という遊女だったようですぜ」

「どういうことだ。はじめから話せ」

へえ、と佐助がこれまでの経緯をつぶさに話した。

その間、岩五郎は顔色をいくつにも変え、唸り声や驚きの声を発して聞いていたが、話を聞き終えても言葉を失っていた。

「信じられねえ」

やっと岩五郎は声を発した。

「岩五郎親分にお願いしたいのは小蝶という遊女のことを調べて欲しいんです。小蝶も行方知れずになっているはずですから」

「わかったぜ、佐平次。おめえの言っていることが真実かどうか、小蝶の行方を調べればわかる」

岩五郎はごつい顔を紅潮させて言った。

「あっ、親分。これが坂吉が質入れした簪です。どうぞ、お持ちを」

佐助は岩五郎に簪を預けた。

「よし」

岩五郎はそれを懐に仕舞い、勇んで吉原に向かった。

それから、佐助たちは田原町の『川田屋』に向かった。与之助の弟与吉も寝込んでいるという。

『川田屋』に着くと、主人の与右衛門に会い、話があると伝えた。

そして、与右衛門と与吉の前で、佐助ははっきり言った。

「あのとき、綾菊も自害する前に見つかって取り押さえられていたことがわかりやした」

「えっ、どういうことですか」

与右衛門が訝《いぶか》しげにきいた。

「綾菊は生きていたんですぜ。ですから、与之助さんは亡霊に取り殺されたんじゃないってことになります」

「ほんとうですか」

与吉が身を乗り出した。

「そうです。はじめから綾菊の幽霊なんかいなかったんですよ。まだ、この一件が解決していないので、はっきり話すことは出来ませんが、幽霊ではないことだけは話しておきたいと思いましてね」

「そうだったのですか。幽霊がとりついていたのではないのですね」

与吉はほっとしたような表情をした。

これで与吉も救われる。佐助はそう思った。

三

その日の午後、久しぶりに奥山の水茶屋をまわり、用心棒代などの金を集め、それを親方に届け、いつもより余分に酒代を弾んでもらったが、もとよりたいした額ではなかった。

弥三郎は酒を買って長屋に帰り、ひとりで縁の欠けた茶碗で酒を呑み出した。なんとか大浦屋の鼻を明かしてやりたいが、その方法が見つからない。決定的な証拠がないことが弱い。せめて、佐平次親分が持っている簪が手に入れば威しにも効果があるのだがと、弥三郎は口惜しかった。

ことの真相を佐平次に知らせてもいいが、それでは一銭にもならない。せっかく真相をつかんだと言うのに、何も手出しが出来ないのがもどかしかった。

一升徳利が半分ほどに減ったとき、「小僧、引っ込んでいろ」という大声がした。外に飛び出すと、やはりおしのの家からだった。例の借金取りが来たのだ。たるんだ頬に突き出た腹の中年男を真ん中に人相の悪い男が三人いた。腹の突き出た男が金貸しの富蔵《とみぞう》という男だ。

男たちの前で太助が尻餅《しりもち》をついて倒れ、それをおしのがかばっていた。太助は男につっかかって行き、あっさりはね返されたのだろう。

ひとりの凶暴な顔をした男が太助の襟首をつかんだ。

「やめてください」

おしのが必死に男にしがみついた。

弥三郎は出て行った。

「兄い。相手は子どもだ。勘弁してやったらどうですね」

「てめえは弥三郎だな」

「へえ。どうぞ、あっしの顔に免じて」

相手はこっちの顔を知っていたようだ。おそらく富蔵は地回りの親方とも懇意にしているのだろう。

富蔵は好色そうな目をおしのに向けて、

「いいかえ、おしの。今月二十八日の約束だからね。あと僅《わず》かだ。いいね、二十八日に迎えに来ますよ」

と、虫酸の走るような声で言った。

富蔵はおしのを自分の妾《めかけ》にでもしようという魂胆なのだろう。

富蔵が引き上げてから、

「太助。だいじょうぶか」

「ちくしょう」

太助が涙をぬぐった。

「太助。いいのよ。さあ、入りましょう」

おしのはすべてを諦《あきら》めたような顔つきだった。

おしのは弥三郎に軽く頭を下げ、太助を連れて家に入った。

弥三郎は拳を握りしめた。腹を決めたのだ。

弥三郎は手紙を書いた。それを持って、吉原に向かった。

そして、他の遊客に紛れて大門の中に身をすべらせ、仲の町通りを足早に突っ切り、文使いの市助の家に行った。

市助はひとりで酒を呑んでいた。

「市助さん。すまねえが、この手紙を『大浦屋』の楼主鶴八に届けてくれないか。そして、返事をあっしの長屋に届けてくれ。浅草阿部川町に住んでいる」

長屋の名を言い、市助に文を預けて、弥三郎はまた来たときのように足早に吉原から出て行った。

あの女はどうしているだろうか。ふいと思い出したのは羅生門河岸のおろくだ。別に気に入っているわけではなかったが、それなりの情はある。

しかし、今はおろくのところに顔を出す余裕はなかった。


翌日の昼前、腰高障子を叩く音がした。

土間に下りて、弥三郎は戸を開けた。そこに、吉原の文使いの市助が立っていた。

「ごくろうだったな」

「へい。じゃあ、こいつを」

弥三郎は大浦屋鶴八からの返事を受け取った。

すぐに文を開き、そこに目を通してから満足げに頷き、

「返事はいらねえ」

と、弥三郎は酒代を市助に渡した。

「すいやせん」

市助は頭を下げて踵《きびす》を返した。

弥三郎はもう一度、文に目を落とした。覚えず、笑みがこぼれた。

こっちの条件をすべて呑んでいる。屈伏した鶴八の悔しそうな顔が浮かんでくるようだった。

取り引き場所はきょうの八つ（二時）、真っ昼間の浅草寺境内だ。そこに五十両を持って来る。まさか、そんな場所で襲ったりはしまい。

もし、約束を違《たが》えたら、すべてを書き記した文が佐平次親分に届くようになっている。そういう威しの効果が大きかったようだ。なにしろ、証拠になる簪は佐平次が持っているのだ。その簪が綾菊のものではなく小蝶のものだと知ったら佐平次親分もさぞかし驚くことだろうと認めた。その文面を見て、鶴八は肝を潰《つぶ》したに違いない。

長屋で落ち着かない刻《とき》を過ごし、待ちかねた八つが近づいて来て、弥三郎は下腹に力を込めて立ち上がり、晒《さらし》を巻きなおして長屋を出た。

おしのと太助の家の前を通ったが、ふたりの声は聞こえなかった。

弥三郎はそのまま長屋を出て、浅草奥山に向かった。この時間、吉原では昼見世の真っ只中《ただなか》だ。

中天から少し傾いた位置から射す陽光が浅草寺の大屋根の瓦を白っぽく映し出していた。

浅草寺の本堂から淡島神社に向かった。相変わらず、ひとが多い。

淡島神社の鳥居前の石橋の脇に立った。向こうの人だかりからざわめきが聞こえる。大道芸人が何かしているのだろう。

奥山には楊弓場や水茶屋もあり、鼻の下を伸ばした男たちで賑わっている。

鶴八はどこから来るか。辺りに目を配っていると、本堂のほうから小粋な小紋を身にまとった鶴八がゆっくりやって来るのがわかった。

弥三郎はにやりと笑った。鶴八の顔が歪んでいるのがわかり、小気味よさを覚えた。

鶴八が近づいて来る。弥三郎は腕組みを解いて待った。

「旦那。わざわざお出ましいただいて恐縮でござんす」

弥三郎は勝ち誇ったように言う。

「弥三郎。てめえって奴は」

鶴八が苦々しい顔をした。

「旦那。さっそく約束のものをいただきやしょうか」

弥三郎は催促する。

人気のない場所に移動し、鶴八は忌ま忌ましげに懐から金をとりだした。

「その前に、おめえが約束を守るという保証はあるのか。金をとったあとで、あることないことを言いふらされても困る」

「そんな心配はしないでおくんなせえ」

「佐平次のところに届くようになっている手紙はどこにある?」

「それもあとで旦那にお送りしやすよ」

「金を出すのはこれきりだ。もう一度、せびるようなことがあったら、今度は容赦しない。わかったか」

「へい。わかっていますぜ。それより、旦那。あとで仕返しってのは勘弁してくださいよ」

「わかっている。ほれ」

金を握った手を、鶴八は前に突き出した。

「じゃあ、ありがたく」

弥三郎は受け取った。ずしりとした感触があった。

「もう、これでおまえとは関係ない」

「じゃあ」

弥三郎は踵を返し、本堂のほうに向かって大股《おおまた》で歩き出した。

背中に射るような視線を感じる。

懐の五十両の重みが心を弾ませている。これで、太助の姉を助けてやれる。もちろん、もう奥山で暮らすのは危ない。

仕返しを避ける意味でも、住み慣れたこの土地を去る決心をしていた。

二十軒茶屋という腰掛け茶屋の並んでいる一画に差しかかったとき、毛氈《もうせん》のかかった縁台から立ち上がった男がいた。

その男が何気ない感じでこっちに歩いて来た。ふと背後にひとの気配がした。弥三郎は殺気を感じた。

目の前に、男がすっと近づいてきた。懐から匕首《あいくち》を抜き取った。身構えようとしたとき、いきなり背後から腕を押さえつけられた。

次の瞬間、どすんと男が体当たりをするようにぶつかって来た。足蹴《あしげ》をする余裕もなく、弥三郎は腹部に熱い刺激を覚えた。

男が弥三郎の懐に手を入れた。金をつかまれた。

力を振り絞って前の男に足蹴を入れ、弥三郎は背中の男にひじ鉄を加えた。周囲から悲鳴が起こった。

弥三郎は金を奪った男にしがみついた。男はたたらを踏み、金をばらばらと落とした。が、弥三郎を振り切って逃げた。

弥三郎は金を拾った。懐にしまうと、腹の傷を押さえて歩き出した。周囲の者が怖がって誰も近づかない。

役人がこないうちに逃げるのだ。弥三郎はひとごみの中をよろけながら、雷門を出た。うどん屋やそば屋、羽二重団子などを売っている店を過ぎ、腹を押さえながら足を進める。目がかすんできた。

ときおり気を失いそうになった。が、弥三郎は踏ん張った。

「太助。姉さんを助けてやるからな」

弥三郎はかすれた声を出した。

なんとか、田原町までやってきた。

金貸しの富蔵の店が見えて来た。その店の暖簾を潜ると、たまらず弥三郎は土間に倒れ込んだ。

女の悲鳴が上がった。

「なんだ、おまえは」

番頭が怒鳴った。

弥三郎は腹を押さえて立ち上がった。手のひらは血で染まっている。

「阿部川町甚兵衛店の幸助の金を返しに来た。証文を出せ」

「なんだと」

番頭が薄気味悪そうに後退った。

「おまえさん。金を持っているのかね。十五両だ」

主人の富蔵が奥から出て来た。たるんだ頬に突き出た腹をした男だ。

「ほれ」

弥三郎は懐から一両小判を出した。土間に何枚か落ちた。

「さあ、これで文句はあるまい」

腹に血が滲《にじ》み出ている。

「さあ、これで借りた金は返した。まだ足りねえのか」

「番頭さん、証文を出してやりなさい」

富蔵は震えを帯びた声で言う。

「はい」

番頭が証文箱を開き、中から一枚の証文を出してきた。

弥三郎は血がべっとりとついた手で証文をつかんだ。

弥三郎はそれが幸助のものだということを確認した。

「もらっていく」

「さあ、早く出て行ってもらいましょう。こんなところで意識を失われてはこっちが迷惑ですからな」

富蔵の冷たい声を背中にきいて、弥三郎は外に出た。

田原町から門跡前をとおり、新堀川を渡ってから堀沿いを南に向かった。

だが、いくらも歩かないうちにふと意識が遠退くのを感じ、柳の木の下で倒れた。はっと意識を取り戻したが、もう歩くのは無理なようだった。

「弥三郎さんじゃないか」

耳元で声がした。

「弥三郎さん。どうしたんだ、しっかりしろ。今、お医者を呼んでくる」

呼びかける声に、ふと意識を蘇《よみがえ》らせた。

り見えた。

「太助か」

弥三郎は最後の力を振り絞り、太助の腕をつかまえた。霞《かす》んだ目に、太助の顔がぼんやり見えた。

「待て、太助」

「ひどい怪我《けが》だ。今、お医者を呼んでくるから」

弥三郎はもう一度声を出した。

「太助。もう、心配はいらねえ。ほら、約束の……」

弥三郎は証文を握った手を伸ばした。

「これは」

「もう姉さんは心配いらねえ。わかったか」

「なんだこんなもの。こんなことで、弥三郎さんが怪我しちゃしょうがねえよ。しっかりしてくれよ。今、医者を呼んでくるから」

太助が走り去ったあと、ふと意識が遠退くのを感じた。

四

その夜、源兵衛橋に行くと、珍しく仏の久兵衛が先に来ていた。いつもひとを待たせる男が先にいるのは負い目があるからだろう。

佐助が近づくと、久兵衛は仏頂面で待っていた。

「その顔つきじゃ、だめだったようだな」

佐助が先に言った。

「もっと時間をかけて探せば見つかるかもしれんが、だめだ」

久兵衛は首を横に振った。

「売りさばく奴はわかったが、仏の久兵衛の頼みを聞いてくれなかった。そういうことじゃねえのか」

意地悪くきくと、久兵衛がしどろもどろになり、

「そうじゃねえ。手繰《たぐ》っていくには時間が足りないんだ」

「まあいい。気にしなくていいぜ」

「えっ」

久兵衛は意外そうな顔をした。

「いいんだ。もう、そのことは」

「ほんとうか?」

久兵衛は安堵《あんど》の色を浮かべてきいた。

「ほんとうだ。それより、一つ、教えて欲しいことがある」

「なんだ」

「深川今川町で茶道具を売っている飯倉屋金右衛門って男を知っているかえ」

目を見開いたまま、久兵衛の顔は固まったようになった。

「どうして、その男を知っているんだ？」

久兵衛は上擦った声を出した。

「この男は、『大浦屋』の花魁を身請けしたんだ。いってえ、そんなに金を持っている男かと思ってね」

久兵衛は押し黙った。

「どうしたえ、久兵衛さん？」

「知らねえ。知らねえよ」

いきなり、久兵衛は口走りながら後退《あとずさ》った。

「飯倉屋の正体を教えろっていうんじゃない。飯倉屋の別宅を知りたいんだ」

「知らねえ。ほんとうだ」

なおも後退った久兵衛はいきなりあっと叫んだ。背中にまわっていた次助にぶつかったのだ。

「なあ、久兵衛さん。飯倉屋の別宅だ。そのくらいなら、教えても信義に反しまい」

「知らねえ」

「おい、久兵衛」

平助が鋭い声を発した。

「な、なんだ」

久兵衛が怯《おび》えた。

「この前、おめえに頼まれたってならず者に襲われたぜ」

「なに、どういうことだ？」

「佐平次がいたんじゃ、久兵衛さまが落ち着いて暮らせねえ。だから、死んでもらう。そう言って襲ってきやがったぜ」

「ふん。そんな作り話をしやがって」

「作り話じゃねえ。皆、細身の匕首の扱いに馴れた連中だった。中でも長身の兄貴格の男は武術の心得があるようだった」

久兵衛の顔色が変わった。

「どうやら、心当たりがあるようだな。さあ、正直に言うんだ。おめえの差し金だな。佐平次親分を殺そうとしたのは」

「とんでもねえ。俺はそんなことはしねえ」

「だが、久兵衛の命令だと、奴らははっきりと口にしたぜ」

「違う。そんな真似はしちゃいねえ。ほんとうだ」

「そうかえ。じゃあ、奴らはおめえに罪をなすりつけるつもりだったんだ。そんな奴らに信義を通すつもりか」

返事に詰まって、久兵衛は唸り声を発した。

「さあ、教えろ。飯倉屋の別宅はどこだ？」

「詳しくは知らねえ。ただ、亥《い》の堀の近くに別宅があると聞いたことがある」

久兵衛の額から汗が流れ落ちていた。

「もう、いいな。これ以上はだめだ」

久兵衛は逃げるように足早に去って行った。

薄闇《うすやみ》に消えて行った後ろ姿を見送って、

「なんだか、久兵衛の背中がずいぶん小さく見えるな。老いたんだな」

と、佐助は感傷的になった。

「仏の久兵衛の威光も地に墜《お》ちたんだろうか」

次助も寂しそうに言う。

「盗人《ぬすっと》の世界にもだんだん久兵衛を知らない若い者が増えて来たってことだろう。久兵衛の名を聞いただけで竦み上がる盗人は数少なくなっているのかもしれねえな」

平助が哀れみを投げかけたように言う。

「飯倉屋の別宅は亥の堀と言っていたが、いい加減なことを言っているわけじゃないだろうな」

佐助は現実に戻った。

「いや。久兵衛はとぼけた野郎だが、嘘をつくときは表情でわかる。嘘はあるまい」

すると、あの辺りはと、佐助は町の名を思い出そうとした。

「石島町か、末広町ってところだな」

平助が口にした。

飯倉屋金右衛門は用心深く、長蔵の子分の尾行は何度か失敗していた。

「扇橋と福永橋の両方で待ち伏せしていれば、どちらかから飯倉屋が戻ってくるはずだ」

扇橋と福永橋は亥の堀と呼ばれる横川にかかり、その堀沿いに開けた町が石島町と末広町だ。東側には一橋家の下屋敷が控えている。

飯倉屋は夜になって、今川町の店から別宅に戻って来るのだ。

明日から長蔵たちと協力をし、扇橋と福永橋の両方で待ち構えようと平助が言い、それから、三人は吾妻橋に足を向けた。

小蝶の調べの結果を聞くために、佐助たちは岩五郎に会いに行くのだ。

吾妻橋を渡り、田町にある岩五郎の家に行くと、岩五郎はまだ戻っていなかった。女房が言づけを言った。

「佐平次親分が見えたら、稲荷町の自身番に来て欲しいということでした」

「わかりやした。稲荷町ですね」

佐助たちはすぐにそこに向かった。

奥山を突っ切り、田原町から門跡前を通って稲荷町にやって来た。

自身番に顔を出すと、店番の者と話し込んでいた岩五郎が顔を向けた。

「おう、佐平次か。待っていたぜ」

「岩五郎親分。何があったんでえ」

「弥三郎が刺された」

「弥三郎が？　で、容体は？」

「医者の話では、今夜が峠だろうってことだ」

「で、弥三郎は今どこに？」

「長屋にいる。弥三郎がうわ言で、おめえの名を呼んでいたそうだ」

「ちょっと行ってきやす」

「よし。案内しよう」

自身番を飛び出した。

「で、弥三郎は誰にやられたんでえ」

「わからねえ。きょうの昼間、浅草寺の参道の人ごみの中で刺されたようだ。やったのは遊び人ふうの男だ」

道々、弥三郎が刺されたときの状況を聞いた。

「刺されたあと、傷を負ったまま、弥三郎は金貸しの家に行っている。そして、同じ長屋に住む幸助という男の借金を返しているんだ」

「弥三郎は金を持っていたのか」

「そうだ。大浦屋鶴八から脅し取ったのかもしれねえ。鶴八は否定していたがな」

浅草阿部川町にやって来て、甚兵衛店の木戸を、岩五郎が先に入った。

弥三郎の家に入ると、横たわった弥三郎の傍らに十五、六の娘とそれより年下の男の子が不安そうな顔で座っていた。姉弟《きょうだい》らしい。

「どうでえ?」

岩五郎が声を落としてきいた。

「苦しそうです」

姉が答えた。

弥三郎は荒い息をしていた。

「佐平次だ。しっかりするんだ」

佐助は弥三郎に呼びかけた。

弥三郎に反応はなかったが、男の子が顔を上げた。

「佐平次親分ですか」

「うむ。そうだ」

「幸助の子どもだ。おしのと太助だ」

岩五郎が口をはさんだ。

「太助か。何か」

佐助は太助にきいた。

「弥三郎さんからこれを預かったんだ。これを佐平次親分に渡してくれって」

そう言って、太助が懐から文を差し出した。

──佐平次親分。かってな真似をしてすまねえ。俺は大浦屋を許すことが出来ねえ。大浦屋は小蝶を殺し、綾菊の身代わりにしたのだ。綾菊は生きている。俺は与之助の墓参りをしている綾菊を見た。今、深川末広町の飯倉屋の別宅に囲われている。このことで、俺は大浦屋から金を脅し取る。もし、失敗したら、この文が佐平次親分のところに届くようにした。

「こいつは」

岩五郎が顔を紅潮させた。

「岩五郎親分。鶴八のほうは頼みやした。俺たちは末広町に向かいやす」

佐助は言い、次に太助と姉に向かい、

「弥三郎のことを頼んだぜ」

と言い、すぐに土間を飛び出した。

岩五郎と別れ、佐助たちは大川端に急ぎ、そこの船宿からたった一艘《そう》だけ残っていた舟に乗った。

「船頭さん。急いでくれ」

「親分。きょうはてえへんですぜ。なにしろ川開きです」

「そうか。きょうは川開きか」

例年五月二十八日。この日から八月二十八日までの三ヶ月間、隅田川に涼み船を漕《こ》ぎ出すのが許される。そして、この日、両国に花火が打ち上げられるのだ。

飯倉屋は鶴八から綾菊が見つかったことを知らされ、危険を察知して木広町から逃げたかもしれない。

舟は大川を下る。船縁《ふなべり》がこすれそうなほど、たくさんの船が大川に出ていた。屋形船や屋根船から三味線の音が聞こえてくる。

涼み船で混《こ》み合っている大川を船頭は巧みに船を漕ぎ、両国橋をくぐった。料理茶屋の明かりが川岸に連なり、川には船の提灯の明かりが波にきらめき、まるで光の渦の中に紛れ込んだようだ。

両国広小路や橋の上も雑踏を極めており、これでは地上を走るのも難儀だったろう。

やがて仙台堀に入った。左手に松平陸奥守《まつだいらむつのかみ》の下屋敷の塀が続き、右手に今川町の家並みが続く。

佐助たちが船から下りると、長蔵の手下が立っていた。

「飯倉屋はどうした？」

「きょうは朝からここに来ません」

「来ない？」

そこに長蔵がやって来た。

「おう、佐平次。へんだぜ。朝から張っていたが、飯倉屋は姿を見せねえ。きょうはこっちに顔を出さねえのかもしれねえ」

「飯倉屋の別宅は末広町だそうだ」

「なに、末広町?」

「ひょっとして逃げられたかもしれねえ。ともかく、そこに行ってみやしょう」

長蔵の手下を見張りに残し、皆は堀沿いを末広町に急いだ。

そのとき、背後で花火が上がった。覚えず、立ち止まり、佐助は夜空に開いた大輪の花を見た。

　見物人の歓声がここまで届いてきそうだった。

「おい、佐助。行くぜ」

　次助が声をかけた。

　長蔵たちはだいぶ先を走っていた。背後でまた花火が上がった。だが、あとは音だけを聞いて、佐助は駆けた。

　材木置き場が暗がりに見えて来た。そして、亥の堀にぶつかり、福永橋を渡った。

　末広町にやって来た。近所の酒屋できいて、飯倉屋の別宅はすぐにわかった。

　月明かりが黒板塀に囲まれた二階家を浮かび上がらせている。庭も広く、門構えも立派で、金をかけていることが夜目にもわかった。

「さっきの酒屋の亭主の話では、色っぽい女が住んでいるらしい」

「綾菊に違いねえ」

　佐助は緊張した声を出した。

「やっ。誰かやって来た」

商家の番頭ふうな男だ。風呂敷包を持っている。

男が飯倉屋の家の門を入った。

「飯倉屋の手下だろうか」

長蔵が気負ったように言う。

盗品はおそらくここに運び込まれて、必要に応じて今川町の店に、あるいは客の求めに応じて客先まで届けるのだろう。

飯倉屋は逃げ出しはしなかったのか。

押田敬四郎がやって来た。今川町で見張っている長蔵の手下からここを聞いたのだろう。

「旦那」

「長蔵、ごくろうだった」

「そこが飯倉屋の別宅ですぜ。踏み込みやすかえ」

長蔵が気負って言う。

平助がつっと佐助の横に来て、

「踏み込むのは早すぎる。さっきの番頭が出て来たところをつかまえるように言え」

佐助は頷いた。

「助っ人を待っていたら、取り逃がしてしまうかもしれねえ。よし、行くか」

押田敬四郎は緊張した声を出した。

「押田の旦那、待ってくだせえ」

佐助は声をかけた。

「なんでえ、佐平次」

長蔵が冷たい目をくれて、

「ここは押田の旦那の指図どおりにしろ」

と、押さえつけるように言った。

「中に何人いるかわからねえ。それに、また誰かがやって来るかもしれやせん。それより、さっきの番頭が出て来たら、まず番頭を捕まえたほうがいいんじゃねえですかえ。そうしたら中の様子もわかる」

「うむ」

敬四郎が迷っている。

「旦那。これだけいれば、抜かりはねえ。飯倉屋さえ押さえれば、あとは雑魚ばかりだ」

長蔵が焦っているのは、やはりどこかのお屋敷から早く品物を取り返せと尻を叩かれているからに違いない。

「よし、踏み込むぜ。おう、佐平次たちは裏からだ」

ちっと、佐助が舌打ちしたとき、さっきの番頭ふうの男が戻って来た。

「やっ、引き上げるにしては早いな」

敬四郎は厳しい顔になって、

「よし。あいつを捕まえるんだ」

と、長蔵を急《せ》かした。

長蔵が男のあとを追った。平助と次助も加勢に向かった。

「ちょっと待ちな」

長蔵が男に声をかけた。

「へえ。なんでしょうか」

男は驚いたように腰をかがめた。

「おめえ、今あの家から出て来たな。何のようだ？」

「はい。お届けものに参上したのですが、留守のようで」

「届けもの？」

「はい。私は冬木町にある呉服店の番頭でございます。あちらのご新造さんにお買い求めていただいたお着物をお届けに」

長蔵が風呂敷の中身を調べた。

「旦那、どうしやす？」

「どうやら番頭に間違いないようだ」

「よし、行っていいぜ」

「は、はい」

番頭は逃げるように去って行った。

「長蔵。別宅に踏み込むんだ」

へいと、長蔵と押田敬四郎は飯倉屋の別宅に向かった。

「兄い。やっぱし、飯倉屋に逃げられた」

遅れて、別宅に行くと、行灯に明かりを点け、長蔵たちが地団駄を踏んでいた。

長蔵が家を出て行った。

佐助は奥の土蔵に向かった。扉に鍵《かぎ》はかかっていなかった。茶器や器などがあったが、ほとんどはがらくた同然だった。

長蔵が戻って来た。

「近所にきいたところ、昼間、船に荷物を運んでいたということだ」

「武家屋敷から盗んだ品物だ」

佐助はため息混じりに呟いた。

伊原の旦那、さぞかし、目を剝いて怒るだろうな、と佐助はうんざりした。

五

翌朝、佐助は阿部川町の甚兵衛長屋に寄った。

弥三郎の家に行くと、おしのがちょうど弥三郎の家から出て来た。水を汲《く》みに行くところだったらしい。

「どうだえ」

「だいぶ落ち着いて来ました。さっきお医者さんがこれならだいじょうぶだろうって」

「そうか。そいつはよかった」

おしのと入れ代わって、佐助は土間に入った。弥三郎のふとんの脇で、太助が眠っていた。おしのと太助は弥三郎の傍で夜を明かしたらしい。

弥三郎の落ち着いた寝顔を見て、佐助は外に出た。

桶に水を汲んできたおしのとすれ違った。

「佐平次親分。もう行ってしまうのですか」

「様子を見に来ただけだ。また、来るよ」

おしのと別れ、佐助たちは吉原に急いだ。

『大浦屋』の鶴八と女房は羅生門河岸にある番屋に引き立てられていた。

佐助が入って行くと、ふたりの前にいた岩五郎がやって来て、

「佐平次。任せるぜ」

と言い、上がり框に腰を下ろした。

へいと答え、佐助と平助は鶴八の前にしゃがんだ。

「正直に話してもらわないと困るぜ」

「はい。こうなったら、何もかも包み隠さずお話しいたします」

「まず、綾菊の自害のことから話してもらおうか」

佐助は静かに切り出した。

「はい。あの夜、綾糸から綾菊の様子がおかしいと言ってきやした。『川田屋』の若旦那とのことがあるので、驚いて綾菊の部屋に飛んで行きました。そしたら、短刀を用意し、死に支度をしているではありませんか。あわてて、取り押さえたのです」

鶴八はおとなしく続けた。

「自害などとんでもないこと。ふつうだったら折檻して他の者への見せしめにするところでしたが、綾菊には身請けしたいという御方がおりやした」

「飯倉屋金右衛門だな」

「はい。飯倉屋さんは一千両で綾菊を身請けするという話でした」

「なぜ、綾菊を病死ということにしたのだえ」

「『川田屋』の若旦那も死んでいると思ったからです。情死となれば、生き残った綾菊は日本橋に晒《さら》され、非人におとされてしまいやす。そうなったら、私どもは大損をいたします。そこで、綾菊も情死したことにし、廓内のお役人には病死として扱ってもらうようにお願いしました」

「しかし、病死にしても亡骸がなくてはならねえ。そこで、おめえと情を通じていた小蝶という遊女を身代わりにしたってわけか」

「違うんでえ。あっしと小蝶は割りなき仲になっておりました。それを知ったうちの奴が嫉妬《しっと》から小蝶を河岸見世に落としてしまいました。それでも、ときたまあっしと小蝶は忍び会っておりました。ところが、またうちの奴に見つかり、小蝶を折檻したのでございます。その折檻のために、小蝶が死んでしまいました」

「綾菊の自害騒ぎと、小蝶の折檻死と、ずいぶん間がいいじゃねえか。綾菊の身代わりの死体を作るために、小蝶を犠牲にしたんじゃねえのか」

横合いから平助が鋭い声を放った。

「違う。それは誤解だ。ほんとうに折檻で死んでしまったんだ。親分。信じてください」

鶴八が土下座をした。

「佐平次。鶴八は嘘をついちゃいねえと思うぜ」

岩五郎が声をはさんだ。

岩五郎の奴、鶴八からだいぶ金をもらっているなと、佐助は思った。

「綾菊と小蝶の件は置くとして、坂吉と常七のことでは言い訳は出来めえ」

「あれも、飯倉屋のやったことだ。いきなり、あのふたりがやって来て、亡骸が綾菊ではなく小蝶だと言い、あっしから金を威しとろうとした。それで、飯倉屋に相談したんだ。やったのは飯倉屋だ」

「下手人は飯倉屋の手の者かもしれねえが、おめえが命じたのではないのか」

「違う。飯倉屋が俺に任せておけと言ったんだ」

「だが、おめえは飯倉屋がふたりを殺《や》ったことを知っていて黙っていた。それは手を貸したと同然じゃねえのか」

「おう。佐平次。鶴八の立場になってみろ。そんなことを言ったら、今度は鶴八は飯倉屋に仕返しをされちまう。鶴八は言いたくても言えなかったんだ」

懸命に、岩五郎は鶴八をかばい立てした。

「しかし、弥三郎のことは見過ごせねえぜ」

「親分。そいつも違う。弥三郎を襲ったのは飯倉屋だ。あっしは、ただ弥三郎が綾菊の秘密を知ってしまったと教えただけだ」

「教えれば、飯倉屋が弥三郎を消すということはわかっていたはずだ。そうじゃねえか」

「待て、佐平次」

またも岩五郎が口をはさんだ。

「鶴八は弥三郎から威され、言われたとおりに金を支払ったのだ。飯倉屋が殺すとわかっていたら、金なんか払うものか。そうだろう」

「岩五郎親分。ですが、金を受け取った直後に弥三郎は刺されたんですぜ。示し合わせていたと思われても仕方ねえんじゃないですかえ」

佐助は反論した。

「それは、飯倉屋が鶴八のせいにしようとしたのかもしれねえ。それより、弥三郎は何かあったら秘密を佐平次にばらすと威したんだ。鶴八がへたな真似は出来なかったはずじゃねえのか」

「いや。鶴八は、今みたいに何があろうが岩五郎親分がかばってくれる。それだけのことをしているという自信があったからだとも考えられますぜ」

平助が横合いから鋭く言った。

「なにを、ばかな。俺が何をしてもらっているって言うんだ。俺が廓内の、その」

岩五郎がしどろもどろになった。

「大浦屋さん」

平助が鶴八の前にしゃがんだ。

「綾糸のおさとさんはあっしたちの知り合いなんだ。ひどい仕打ちを受けたら、あっしたちは黙っちゃいねえ」

「そんなことはしない」

「それから、たまにはこの次助がおさとさんに会いに行ったら、快く会わせてもらえますかえ」

佐助は平助の真意を読み取った。そうか、おさとのことがあるので、ここで鶴八に恩を売っておこうと言うのだ。そうすれば、岩五郎の顔も立つ。

「大浦屋さん」

佐助が穏やかに声をかけた。

「ほんとうなら大番屋に引っ張っていって改めて取り調べてもいいんだが、そうなればおまえさんはお縄につくことは避けられねえ。いや、おまえさんだけじゃねえ、内儀さんもしょっぴかなくてはならなくなる」

「親分」

「いいか。俺たちは目を瞑《つぶ》ることにしよう。その代わり、おさとさんのことを頼んだぜ」

「わかった。約束する」

「それから、もう一つ。弥三郎のことだ。奴もそんな悪い人間じゃねえ。おまえさんから金を奪ったのも、同じ長屋に住む娘を助けるためだったんだ。もし、よかったら、仕事を世話してやってくれねえか」

「それも約束した」

「よし」

佐助は立ち上がって、

「岩五郎親分。聞いてのとおりだ。あとは親分にお任せしやすぜ」

「佐平次。すまねえ」

岩五郎がほっとしたように笑みを浮かべた。

「なあに、廓内のことはあっしたちにはわかりませんからね」

佐助は外に出た。

「兄い、これでよかったのかな」

「ああ、上出来だ」

平助が言った。

次助もうれしそうだった。

だが、これでめでたしとはいかないのだ。肝心の飯倉屋金右衛門に逃げられ、盗まれた品物は取り返せなかったのだ。

もう一度、深川今川町の飯倉屋に行った。

すでに長蔵たちが調べたあとだった。次に、末広町の飯倉屋の別宅に行った。そこに長蔵がいた。

「長蔵親分。どうでした？」

「手掛かりらしきものは残っていなかった」

長蔵は口惜しそうに言った。

「おう。佐平次」

押田敬四郎が奥から出て来た。

「伊原はどうしているんだ？　最近、顔を見せねえが」

「へえ」

佐助も伊十郎が何をしているのか知らなかった。盗人がわかったと言ったら、まだ捕えたわけでもないのに、すっかり安心してしまったようで、あれきり顔を出さない。

また、どこかの後家と知り合いにでもなったのかと、佐助は顔をしかめた。

その後、飯倉屋の舟の行方を辿《たど》って、目撃者を探しながら亀戸方面まで足を伸ばしたが、結局、その日も飯倉屋の行方の手掛かりはつかめなかった。

夜になって、長谷川町の家に戻った。

すると、見慣れた雪駄が三和土に置いてあった。

「旦那だ」

佐助は覚えず声を発した。

居間に行くと、伊十郎は憤然としていた。

「例の盗人はどうなっているんだ？」

部屋に足を踏み入れるなり、伊十郎がいきなり怒鳴り出した。

「てめえたち、盗人が見つかったって言いながら、取り逃がしてしまったそうだな」

「旦那こそ、肝心なときにどこに行っていたんですかえ」

「そんなことはどうでもいい」

「どうでもよくはありませんぜ」

「なに？」

「押田の旦那は長蔵親分といっしょに動き回っていやした。旦那はおおかた、また」

佐助が言葉を呑んだ。

「なんだ、佐平次。おおかた、またとは何だ？」

台所で、おうめ婆さんが固唾《かたず》を呑んでいる。

「旦那。そんなことを言い合っている場合じゃねえでしょう」

平助が割って入った。

「いや。平助兄い。この際だから、旦那に言っておく。いつもいつも、俺たちばかしに苦労を押しつけて」

「佐助」

平助が止めた。

「もういいじゃねえですか。どうせ、旦那はもう腹を切る覚悟を固めたのでしょうから」

「平助、何を言うのだ」

伊十郎は顔を紅潮させた。

「盗品を取り戻せなかったら立花さまの御用人は腹を切る。当然、旦那も腹を切る。そうなんでしょう」

「ば、ばかを言え。どうして、俺が腹を切らなきゃならねえんだ」

「だって、約束を果たせなかったんですからねえ」

「平助。最後に打つ手はねえのか」

急に、伊十郎は気弱そうになった。

「残念ながら、もうお手上げの状態ですねえ。敵は身の危険を感じて、素早く逃げてしまいましたからね。おそらく、盗んだ品物を持って江戸を離れるつもりでしょう」

「じゃあ、ぜんぶの船着場を手配するのだ」

「無理ですよ。すべての積み荷を調べるって言うんですかえ。そんな大がかりなことが出来ますかえ」

「じゃあ、どうすればいいんだ」

「諦めるんですねえ」

「平助」

伊十郎は悲鳴のような声を出した。

ふと濡れ縁にこつんと音がした。何か飛んで来たようだ。

濡れ縁に出ると、石に包まれた紙切れが落ちていた。投げ文だ。

「あっ、これは」

佐助は覚えず声を発した。

「なんだ」

伊十郎が飛んで来た。

「なに、千住小塚原《こづかっぱら》町、月桂寺の東、一本杉の近くに一軒家。女のために今夜の出発を延期だと。なんだ、これは」

伊十郎が顔をしかめた。

「これは」

平助が飛んで来た。

「そうだ、これは仏の……」

平助が口に人差し指を当てたので、佐助があわてて口を押さえた。仏の久兵衛のことは伊十郎にも秘密のことだった。

「なんだ、佐平次。これは？」

「ここは飯倉屋の隠れ家だ。奴らは千住から荷を船に積み込み、川越辺りに運ぼうとしているのかもしれませんぜ」

「じゃあ、品物はまだここにあるのだな」

伊十郎の顔に生気が漲《みなぎ》ってきた。

「よし。行くぜ」

「旦那。今夜は出立しないようですぜ。明日の早暁に踏み込みやしょう。それまでに応援を頼んでくだせえ」

平助が言うと、伊十郎も素直に頷いた。


翌朝、まだ夜の明けきらぬうちに長谷川町の家を出て、佐助たちは八丁堀の伊十郎の屋敷に向かった。

八丁堀に入ると、平助が押田敬四郎の屋敷に走った。

平助が戻ってから伊十郎の屋敷に入ると、伊十郎の家の若党が握り飯を作っておいてくれていた。

握り飯をほおばってから、屋敷を出た。

ゆうべのうちに伊十郎が話をつけてあったので、日本橋川にある船宿は船を用意して待っていた。

「じゃあ、頼んだぜ」

伊十郎が船頭に声をかけた。

まだ真っ暗な大川に向かって、船頭は船を漕ぎ出した。

両国橋から蔵前を過ぎ、吾妻橋をくぐると、三囲《みめぐり》神社の常夜灯が見えてきた。平助は懐から二丁十手を取り出して、手応《てごた》えを調べている。

東の空がしらみはじめてきた。前方に千住大橋が見えてきた。

船はその近くの船着場に着いた。

佐助たちは船を下りた。次助が船着場に落ちていた櫂《かい》を拾った。そして、ちょうどいいと、片手で軽々と振って見せた。

小塚原町の月桂寺を目指し、そして東側に目を向けた。文のとおり、一本杉が立っていて、その近くに一軒家が見つかった。

身をひそめて、一軒家に近づく。まだ夜は明けきっていないが、連子窓《れんじまど》から誰かが覗いていないとも限らない。

建物まで五間（九メートル）ほどの場所に近づいた。そこに草に埋もれた古い井戸があった。その陰に隠れた。

夜が明けてきた。家の戸が開き、若い男が出て来て、大きく伸びをした。

「やはり、ここに間違いねえな」

伊十郎が緊張した声で言った。

「応援は遅いですねえ」

佐助がきいた。

「応援は呼んでねえ」

伊十郎が答えた。

「えっ、呼んでない?」

佐助は不思議そうにきいた。

「そうだ。万が一、違っていたらことだからな」

「なんですって。じゃあ、旦那はあの文の中身を信用していなかったんですかえ」

「まるっきり信用しなかったわけじゃねえ。だから、ここに来ているのだ。ただ、応援を頼んで、もし違っていたら、とんだ赤っ恥をかくからな」

佐助は呆《あき》れ返って平助と顔を見合わせた。

「いいから、俺たちだけで踏み込むぜ」

「無茶だ。千住の役人に応援を頼んだらどうですかえ」

「そんな必要はねえ。まず、盗まれた品物だけを取り返すんだ。祥瑞の掛け軸と南蛮渡りの青磁器だ」

「まさか、旦那はそれを取り返しさえすれば、盗人一味はどうでもいいと」

「ばかやろう。捕まえられるにこしたことはねえが、差し当たっては二つを取り戻すことだ」

「じゃあ、他の品物はどうでもいいって……」

「つべこべ言うな。さあ、行くぞ」

さっき出て来た男が家に引っ込んだあと、伊十郎は飛び出して行った。

あっと言う間もなかった。

「ちっ。仕方ねえ。佐助。おめえはここにいろ。おい、次助、行くぜ」

「おう」

櫂を振り回し、次助は平助のあとを追った。

伊十郎は戸の前で中の様子を窺っている。ふいに伊十郎が身を隠した。また、中から誰かが出て来たのだ。さっきとは別の男だ。

その男が平助と次助に気づいた。が、声を上げようとする前に、伊十郎が飛び出して、十手で相手の鳩尾《みぞおち》を力一杯叩いた。

ぐうっという呻《うめ》き声と共に、男はうずくまるようにして倒れた。

あとから、さっきの男が出てきた。再び、伊十郎がその男を十手で叩こうとしたが、さっと身をよけた。が、平助は素早く踏み込んで、その男の脾腹《ひばら》に十手の一撃をくわえた。

男は派手に横転した。

家の中が騒々しくなった。数人の男が飛び出してきた。

「おや。その髭面は天寿坊だな」

着流しになっているが、修験者の姿をしていた男に間違いなかった。

「そっちは俺たちを襲った男だな」

「この野郎」

匕首を抜いて、突っ込んできた。

平助が左手の十手で匕首を受け止め、右手の十手で相手の脇腹を目掛けて打ちつけた。

一瞬、飛び上がってから男がじべたに倒れ、七転八倒した。

「おい、髭面。俺が相手だ」

伊十郎は天寿坊に向かった。天寿坊は匕首を構えたままあとずさり、家の中に逃げ込んだ。

それまで手を拱《こまぬ》いて見ていた次助は戸を思い切り蹴った。激しい音と共に戸が破れて外れた。

明かりの射した土間に、背の高い男が立っていた。武術の心得のある男だ。

「旦那。こいつは手強いですぜ」

「よし。俺が相手だ」

「いや。旦那。あっしに任せてくれ。旦那は奥へ」

「よし」

伊十郎は他の者を蹴散らして家の中に踏み込んだ。

背の高い男が匕首を構えた。

「この前の礼をさせてもらうぜ」

「さあ、どうだかな」

平助も二丁十手を構えた。

今度は男が常に一定の間合いをとって、なかなか間合いを詰めようとしなかった。平助がじりじりと間合いをつめると、そのぶんだけ後ずさりする。

離れて見ている佐助にはふたりは睨み合っているだけのように思われた。伊十郎はとみると、家の中に入って行ったままだ。次助は櫂で他の者たちを簡単に叩きのめし、平助のほうに加勢に走った。

「次助。ここはいいから品物を探せ」

平助が相手を見つめながら次助に言った。

「わかった」

次助が佐助の傍にやって来た。

よしと、佐助も次助といっしょに家の中に入った。

奥の納戸部屋に、藁《わら》で包んだ荷がいくつも置いてあった。行灯に明かりを灯《とも》し、その荷の縄を解いた。

茶器や鏡箱、掛け軸などがていねいに納められていた。

「こいつだ」

立花家から盗んだものらしい瑞祥の掛け軸と、南蛮渡りの青磁器だ。

激しい気合が聞こえ、廊下に出て奥に行くと、裏庭に出た。そこで、伊十郎と四十代前半と思える恰幅のよい男が剣を交えていた。

飯倉屋金右衛門だ。金右衛門も剣を握っていた。やはり剣術の素養があるらしく、剣の構えに隙《すき》がなかった。

「旦那。ありましたぜ」

佐平次は伊十郎に声をかけた。

「そうか。飯倉屋。いやさ、関口金治郎《せきぐちきんじろう》。これで、おしめえだ」

「関口金治郎？」

「そうだ。俺も驚いたぜ。こいつは、御家人《ごけにん》で小普請組の関口金治郎という男だ。もう十年前のことだ。自分の組屋敷を賭場にして寺銭を稼いでいた。その博打のいざこざで朋輩の御家人と博徒ら三人を斬《き》り殺し、そのまま行方知れずになっていた。まさか、今や飯倉屋金右衛門として盗品を捌く頭目になっていたとはな」

「江戸で盗んだ品物は関東一円の豪商たちに、地方で盗んだ品物は江戸の富商に売りさばいていたんだな」

「佐平次。てめえのおかげですべてが水の泡だ」

飯倉屋こと、関口金治郎に侍だったという面影はまったくない。まるで、博徒の親分にしか見えない。

「綾菊はどうしましたえ」

「ゆうべ、ここに来る途中に逃げた。あの女」

金治郎は憎々しげに言う。

「せっかく一千両を費やしたのに逃げられたのですかえ。おまけに、綾菊のために『川田屋』の与之助を取り殺す手助けまでしてやって」

「綾菊は与之助のことが忘れられなかったんだ。だから、与之助を呪《のろ》い殺すのに力を貸した。ちっ、それなのに、あの女、与之助が死んだとなると、毎日めそめそしやがって」

「おまえもそんなに綾菊に惚《ほ》れていたのか」

「そうだ。俺はあいつのために何でもしてあげた。その挙げ句がこのざまさ。女は怖いぜ。俺さまとしたことが、女に狂ったばかしに、佐平次に目をつけられる破目になったわ」

つと、金治郎は伊十郎に詰め寄る素振りを見せたあと、素早く向きを佐助に変えて突進して来た。

予期せぬ相手の動きにあっと思う間もなく、眼前に金治郎の刃が迫った。佐助は足が竦んで棒立ちになった。

気合もろとも剣が振り下ろされた。佐助は目を瞑った。

(おっかあ)

覚えず、佐助が呼びかけた。

佐助の脇で空気が揺れた。何かが飛んでいったのだ。悲鳴が聞こえ、目を開けると、金治郎が肩を押さえて倒れていた。金治郎の剣を持つ手首に二丁十手の鎖が巻きついており、傍に櫂を持った次助が仁王立ちしていた。

危機一髪のとき、平助が二丁十手を投げたのだ。それが金治郎の手首に絡みつき、その隙をとらえ、次助が金治郎の肩に櫂を打ちつけたのだ。

「平助兄い、あいつは？」

平助が相手をしていた長身の男のことだ。

「向こうで倒れている」

「平助。一味を取り逃がしてねえか」

伊十郎が刀を鞘《さや》に納めて怒鳴った。

「だいじょうぶですぜ。ちょうど、押田の旦那と長蔵親分が駆けつけてくれやした」

「なんだと。平助、てめえ、知らせたのか」

伊十郎は怒鳴ったが、平助は聞こえぬ振りをして、呻いている金治郎に縄を打った。

佐助が盗品のところに行くと、長蔵と押田敬四郎が香炉を手に喜んでいた。

「おう、佐平次。無事だったぜ。これで、俺の顔が立つ」

そこに伊十郎が飛んで来て、

「佐平次。こっちの品物はどれだ？」

と、目の色を変えた。

「ここにありますぜ」

次助が二つを見せると、伊十郎も相好を崩した。

外に出ると、長蔵の手下たちが一味の者にお縄をかけていた。

「綾菊はどこに行ったんだろう」

佐助が呟いたとき、平助が表情を変えた。

「おい。与之助の墓だ。行くぜ」

平助が駆け出した。あわてて、佐助と次助があとを追った。


西国寺の墓地に朝陽が白っぽい光を投げかけている。

佐助たちは『川田屋』の墓所に向かった。そして、与之助の墓の前で、倒れている女を見つけた。

駆け寄ったが、女はすでに事切れていた。手にした短刀に血が着いていた。喉を突き刺しての自害だ。

「綾菊だな」

佐助が痛ましく言う。

「そうだ。与之助のあとを追ったのだ」

「やっぱし、綾菊は与之助のことが好きだったんだな」

寺の者が気づいて、やがて大騒ぎになった。

亡骸を本堂に運び、住職が読経をした。『川田屋』の主人、与右衛門が駆けつけて来て、亡骸に手を合わせた。

「綾菊は与之助といっしょに葬ってやります。せめて、あの世で結ばせてやります」

与右衛門はしんみりと言った。

西国寺を出てから、佐助たちは阿部川町の弥三郎の長屋に向かった。

強い陽射しだ。きょうも暑くなりそうだった。

長屋に入って行くと、井戸で太助が水を汲んでいた。素早く、佐助を見つけ、

「佐平次親分」

と、太助が駆け寄って来た。

「弥三郎はどうだ?」

「お医者さんがもうだいじょうぶだって。さっき、姉ちゃんが作った重湯を呑んだぜ」

「そうか。そいつはよかった」

家に入ると、弥三郎は横になっているが、目を開けていた。

「佐平次親分」

弱々しい声で、弥三郎は顔を向けた。

「無理するな。ともかく、よかったぜ。おや、そいつは」

枕元《まくらもと》に、菓子折りが置いてあった。

おしのがそれを引き寄せ、

「はい。『大浦屋』さんのご主人がお見舞いにと持って来てくれました。お金まで」

と言って、懐紙に包んだものを見せた。

十両あった。

「弥三郎さんは受け取れないって言うんですが」

「いや。気持ちだ。もらっておくんだ」

「親分」

弥三郎は声を出した。

「大浦屋さんがうちで働かないかって言ってくれやした。どうしたらいいんですかえ」

「もちろん。受けるんだ。弥三郎。これを機会に堅気になって、真面目《まじめ》に働くことだ。おめえを親身に看病してくれたこの姉弟のためにもな」

「へえ。ありがとうございます」

「じゃあ、大事にな」

佐助は外に出た。


二日後、長谷川町の家に、伊十郎がやって来た。

少し酒が入っていてご機嫌だった。

「佐平次。また、お奉行から褒められたぜ。これ、受け取っておけ」

伊十郎は角樽《つのだる》を差し出した。

「また、旦那の手柄ですかえ」

「何か不服か」

「いえ」

佐助はあわてて言い、

「それより、立花さまのほうはどうなりました?」

「うむ。用人さまも喜んでいた」

渋い顔になって、伊十郎が言う。

「で?」

「で、とは何だ?」

「礼金が出たんじゃないんですかえ」

「礼金だと? ふざけやがって。あの用人、けちなんだ。ともかく、俺も当てが外れたぜ。じゃあ、俺は行くから」

「えっ。もう行っちまうんですかえ」

「これから行くところがあるんだ」

「旦那」

平助が呼びかけた。

「なんだ?」

「旦那。隠しても無駄ですぜ」

「何を隠しているというのだ」

「じつは、あっしたちも立花さまのお屋敷に挨拶《あいさつ》に伺ったんですよ」

「なに、なんで勝手な真似を」

伊十郎が顔色を変えた。

「だって、旦那があっしたちに抜け駆けして品物を届けちまったからですよ」

「だからといって」

「ご用人さまはこう言いましたぜ。佐平次の分の謝礼も伊原どのに預けてあるからあとでもらえと」

「ちくしょう」

「旦那。何がちくしょうなんですね」

「いや。そうだった。忘れていた」

懐の財布から、伊十郎は一両小判を取り出して、佐助の前に放《ほう》った。

「これだ。じゃあな」

「旦那」

伊十郎は逃げるように格子戸を開けて引き上げて行った。

「平助兄い。俺たちは立花さまのお屋敷なんかに行ってないじゃないか。あんな嘘をついて、あとでばれないのか」

「ばれたっていい。一両出したのは、向こうにやましいことがあるからだ。最初から、礼金を独り占めにしようとしていたのだ」

「ちっ。いやな野郎だ」

次助が顔を歪めて言った。

「まあ、一両でも俺たちには御の字だ」

佐助はありがたそうに一両小判を神棚に載せた。

そのとき、格子戸が開いた。伊十郎が戻って来たのかと思ったが、違った。

勝手に上がり込んで来たのは横丁の隠居だ。その後ろから、近所の連中が数人ついてきた。

「どうしましたえ、皆さんで」

「伊原の旦那が私のところに寄ってな。佐平次親分が酒を振る舞ってくれるから行って来いというので、こうして近所の者を誘ってやってきました。おう、ほんとうだ。角樽がある」

「なんだと」

次助が目を剝いた。

「それから、すぐ魚屋が活《い》きのいいのを持ってきやす」

職人の男が舌なめずりして言った。

佐助は呆れ返ってすぐに声が出せなかった。

「やられたな」

平助が苦笑した。

佐助もつられて笑った。

「よし、こうなったら宴会だ」

その夜、佐平次の家に大勢の町の者が集まって遅くまで賑やかに騒いでいた。

本書は書き下ろし作品です。

時代小説文庫
こ 6-8

怨《おん》霊《りょう》 三人《さんにん》佐平次《さへいじ》捕物帳《とりものちょう》

著者 小杉《こすぎ》健治《けんじ》

2007年6月18日第一刷発行
2018年1月18日第二刷発行

発行者 角川春樹

発行所 株式会社 角川春樹事務所
〒102-0074 東京都千代田区九段南2-1-30イタリア文化会館

電話 03(3263)5247[編集] 03(3263)5881[営業]

印刷・製本 中央精版印刷株式会社

フォーマット・デザイン&シンボルマーク 芦澤泰偉

ISBN978-4-7584-3294-8 C0193

http://www.kadokawaharuki.co.jp/[営業]
fanmail@kadokawaharuki.co.jp[編集] ご意見・ご感想をお寄せください。

時代小説文庫

小杉健治
怨霊 三人佐平次捕物帳

書き下ろし

紙問屋の若旦那・与之助は吉原の花魁・綾菊と情を通じあい、違う場所で同じ日の同じ時刻に心中することを決意した。実行前に父親にとめられた与之助に対し、綾菊は約束を守り自害して果てた。やがて与之助の前に綾菊の亡霊が現れ、その悩みを佐平次たちに打ちあけるのだが……。数日後、与之助は綾菊の短刀で自分の喉をついて死んでいる姿で発見される。佐平次たちは悩みながらも真相をつきとめるべく探索をするのだったが……。書き下ろしで贈る、大好評のシリーズ第八弾！

鈴木英治
錯乱 徒目付 久岡勘兵衛

書き下ろし

早苗に想いを募らせる修馬。そんな修馬の悩みを聞くために酒につきあった勘兵衛は、帰り道に何者かに後ろから斬りつけられた。かなりの遣い手だった。いつかの正体不明の視線の者なのか。だが、その剣には覚えがあった。捕らえたはずの菊之丞と同じものだったのだ。一方、二つの死骸が発見され駆けつけた七十郎は、目撃者から不可解な話を聞く。いきなり匕首を持った男が、通行人を斬りつけ、自分はそのまま堀に飛び込んで死んだというのだ……書き下ろしで贈る、大人気シリーズ第九弾！

鳥羽 亮

逢魔時の賊

八丁堀剣客同心

書き下ろし

夕闇の神田連雀町の瀬戸物屋に賊が押し入り、主人と奉公人が斬殺された。賊は金子を奪い、主人の首をあたかも獄門首のように帳場机に置き去っていた。さらに数日後、事件を追っていた岡っ引きの勘助が、同様の手口で殺されているのが発見される。隠密同心・長月隼人は、その残忍な手口に、強い復讐の念を感じ取る。逢魔時に現れる賊——探索を始めた隼人は、過去に捕縛され、打首にされた盗賊一味との繋がりを見つけ出すが……。町方をも恐れない敵に、隼人はどう立ち向うのか？　大好評書き下ろし時代長篇。

増田貴彦

見送り坂

凌ぎ人 戸田飛車ノ介

書き下ろし

六尺近い長身でありながら、道で擦れ違ってもたちどころに忘れられてしまう、そんな風貌の男・戸田飛車ノ介。その正体は詰師だった。詰師とは殺しを受け負う凌ぎ人の世界での隠語で、的を仕留める実行役をさしていう。飛車ノ介の過去に何があったのか。なぜこの世界に入ってきたのかは誰も知らない。そんなある日、飛車ノ介は南町の定廻り同心の馬並に、詰師の疑惑をかけられ取り調べられることになったのだが……書き下ろしで贈る、凌ぎ人たちの無情の世界。

時代小説文庫

今井絵美子

さくら舞う　立場茶屋おりき

書き下ろし

品川宿門前町にある立場茶屋おりきは、庶民的な茶屋と評判の料理を供する洒脱で乙粋な旅籠を兼ねている。二代目おりきは情に厚く鉄火肌の美人女将だ。理由ありの女性客が事件に巻き込まれる「さくら舞う」、武家を捨てて二代目女将になったおりきの過去が語られる「侘助」など、品川宿の四季の移ろいの中で一途に生きる男と女の切なく熱い想いを、気品あるリリシズムで描く時代小説の傑作、遂に登場。

今井絵美子

花あらし

書き下ろし

奥祐筆立花家で、病弱な義姉とその息子の世話を献身的にしている寿々は、義兄・倫仁への思慕を心に秘めていた。が、そんなある日、立花家に大事件が起こり、寿々は愛するものを守るために決意する……（「花あらし」）。心に修羅を抱えながら、人のために尽くす人生を自ら選ぶ女性を暖かい眼差しで描く表題作他、こころの琴線に静かに深く触れる全五篇。瀬戸内の武家社会に誇り高く生きる男と女の切なさ、愛しさを丹念に織り上げる、連作時代小説シリーズ、待望の第三弾。

時代小説文庫

浮き世草子 女流時代小説傑作選

結城信孝 編

恋もあれば、非情の運命もある。つつましい暮らしもあれば、派手な遊蕩三昧もある。時代が変わっても、そこに息づく人々の心の機微は変わらない――。女流作家による傑作時代小説アンソロジー。宮部みゆき「女の首」、宇江佐真理「あさきゆめみし」、諸田玲子「雲助の恋」、澤田ふじ子「縞揃女油地獄」、島村洋子「八百屋お七異聞」、見延典子「竈さらえ」、皆川博子「吉様いのち」、北原亞以子「憚りながら日本一」の八篇が誘う時代小説の世界をお楽しみあれ。

合わせ鏡 女流時代小説傑作選

結城信孝 編

捕物帖もあれば、敵討ちの話もある。毒婦もいれば、はかない運命にもてあそばれる女もいる。さまざまな事件や日常を通じて、そこには細やかな心の動きが余すところなく描かれている――澤田ふじ子「蓮台の月」、杉本章子「夕化粧」、諸田玲子「千客万来」、松井今朝子「阿吽」、宇江佐真理「ただ遠い空」、戸川昌子「夜嵐お絹の毒」、栗本薫「お小夜しぐれ」、北原亞以子「証」の全八篇を収録した傑作女流時代小説アンソロジー第二弾!